**옛날** 옛날에
**오늘** 오늘에

# 옛날 옛날에
# 오늘 오늘에

유안진 에세이

아침이슬

　　이 책은 순수 우리 모국어에 얽힌 이야기를 한 권으로 묶은 것입니다. 세계화 시대로 들어오면서, 수적으로 약소한 우리 민족의 순수 모국어가 너무나 급속하게 사라져 가는 것을 안타까워한 정진규 시인의 강권으로 연재한 글이었습니다.

　　그래서 촌티나고 옛티나고 오늘티가 납니다. 즉 오늘 우리가 무심하게 쓰고 있는 우리의 말과 마음을 비춰 보게 하는 순수 모국어이기를 바라는 의도가 담겼다는 뜻입니다. 또한 미래의 국제사회에서 어떤 이유로든지 우리가 지켜낼 뿐만 아니라, 더욱 멀리, 오래도록 그리고 널리 세계 언어로 파도치게 하고 싶은 우리의 소망과 꿈이 담겼다고 할 수 있습니다.

　　따라서 이 책에서는 잊어버렸던 우리 모국어와 우리 민속과 이야기와 노래의 원형을 만날 수 있습니다. 이 책은 오늘 우리가 사용하는 모국어의 모습이 원형에서 얼마나 멀어졌는가를, 얼마나 변해 버렸는가를 비춰주는 돌거울이 될 수도 있을 것입니다.

이 책의 내용은 필자가 30년 가까이 집착해 온 우리의 전통 육아 및 교육민속의 연구 과정에서 얻은 것입니다. 그러므로 그간 필자가 출간했던 학문적 저서는 물론, 몇 권의 산문집과 시집 그리고 민속소설 등, 비전문적인 일반인을 위해 쓴 책들까지도 참고했음을 밝힙니다.

이 책은 우리 모국어는 물론 모국어와 관련되는 민속을 담고 있으므로, 어느 특정 지역이 아닌 우리 모두의 고향과 마음을 다루고 있습니다. 또한 이 책에 담긴 시어들은 오늘을 넘어서 내일로 가져가야 할 것들이며, 시인과 시인과 시를 사랑하는 모두의 마음과 바람이 담겨 있다고 믿습니다. 그러므로 누구의 어떤 도움(조언이나 충고 및 관련 자료 등)에도 늘 증보와 보완의 여지가 열려 있으므로, 독자 여러분들의 우정 깊은 조언을 기다립니다. 오랜 기간 월간 《현대시학》을 통해 함께했던 독자들과 책으로 출간될 수 있게 도와 준 '아침이슬' 고찬규 주간과 편집부에 감사드립니다.

2002년 가을에

유안진

차례

# 1부 | 오오 그리운 촌티여

# 2부 | 노래 먹고 살아온 우리

# 1

## 오오 그리운 춘티여

# 선생 똥은 개도 안 먹는다 카던데
## 월매나 고단할꼬

　　오늘 같은 늦가을이었지, 아매(아마도). 두 소년이 서리 아침에 일찌감치 글방 훈장한테 글을 배우러 갔겠다. 그날따라 훈장은 두 소년에게 입때꺼지(이때껏)의 글공부의 효과를 시험하고 싶었던지, 갈(가을)이라는 시절 탓인지 시 한수를 짓게 했겠다.

　　글제로써 '서리 상<sup>霜</sup>' 자를 주고 각기 글을 지어 보라꼬 했더니, 부잣집 소년이 얼른,

　　'서리 오고 눈 내리니, 둥지가 따뜻한 새는 알을 까서 새끼를 친다'

하고 글을 지었다제.

　　훈장은 소년의 글을 듣고 으음! 하고 대척(대꾸하는 흉내, 시늉, 또는 기척)을 했다. 그리고는 가난한 과부의 외아들을 건너다보고 글을 지으라

고 했더니,

'서리 오고 눈 내리니, 집이 없는 호랭이는 눈 덮인 산에서 백수百獸의 왕王이 될 기량을 키운다' 라고 짓지 않았겠나.

자리끼 심부름을 갔다가 무릎 꿇고 앉아서 조부님의 말씀을 듣고 있던 계집아이는, 가져간 물대접을 조부 앞으로 밀어드리고는 잠자코 있었다. 그리고는 호롱불빛에 비친 조부님의 안색을 살펴보니, 아무래도 과부의 외아들의 시가 더 낫다는 표정이었다.

부잣집 아이라고 해서 가난한 과부의 외아들보다 글을 못 지으란 법은 없지. 가난한 과부의 외아들, 가난한 집 선비, 과수댁…… 등은 너무 칭송만 받아 왔지. 모든 이야기는 다 이런 사람들만 좋게 꾸며 내고 있단 말이다. 할아부지도 당신이 과수댁의 외아들이고 가난하게 장성해 오신 까닭으로, 지금 가난한 과부의 외아들 편을 들고자 하신 거다. 부잣집 아들이 왜 나쁜가? 나는 부자가 더 좋구만. 부잣집에 태어난 것이 왜 잘못인가? 더구나 그 아이의 잘못인가 말따. 가난하단 것이 뭐 그리 장땡일꼬. 비가 오면 밥그릇까지 방안에 새는 빗물의 물받이 그릇으로 써야 청빈 선비라고 들었지. 관암이 할배, 청와 할배, 노애 할배…… 등등, 그 여러 고을을 사시고도(고을원을 지내고도), 귀향할 때는 달랑 북 하나가 이삿짐의 전부였다고 귀아프게 들은 조상들의 청빈 선비 얘기에 반기를 들고 싶었을까?

일고여덟 살짜리 계집아이는 요런 앙뚱스런 생각을 했었던가. 계집아이의 집안은 진사댁進士宅이었다. 아니 엄격히 말해서 진사댁 둘째집 또는 작은집이었다. 고조부께서 진사進士를 하셨고, 조선조 사화士禍를 피해 홀로 도망쳐 온 소년의 후예로서, 벼슬길은 금기시禁忌視 되는 문중이었으나, 글을 잘해서 저성著姓으로 평가되어 왔다는 것쯤은 하도 들어서 잘 안다. 증조부는 기미년 만세 때 25~6세의 한창 나이에 만세 부르다 총 맞아 돌아가시고, 당시 다섯 살짜리 조부와 세 살짜리 젖먹이 딸아기를 둔 계집아이의 증조모는 청상과수로서 남매를 키워오셨다고 들었다.

사랑방의 서책이나 귀한 집기들을 마을과 문중의 점잖지 못한 어른들이 무시로 와서 다 집어가도, 내외內外하던 시절이라 말도 못하고 다 잃어야 했다고 들었다. 부녀자의 문밖 출입이 불가不可했던 당시라, 이래저래 재산도 서책도 집기도 뉘기뉘기한테 뺏기고, 잃고, 서럽고 억울하게 살아오셨단다.

그래서 달만 뜨면, 그 높은 축담과 문지방도 살풋 넘어서, 버선발로 마당에 내려가서, 손자 손녀들과 증손인 이 작은 꼬맹이 계집아이 이름까지 낱낱이 불러가면서 절하고 빌고 하시다가, 기진하여 쓰러지면 자부와 손부가 부축하여 안으로 뫼시곤 하는 것을 날마다 보면서 자라고 있었으니, 열 살 미만으로 어렸다고 하여 조부의 심중을 왜 아니 못 헤아리랴.

그래서 계집아이는 조심스레 여쭈었다. "부자아이도 시를 잘 지었지 않니껴?"라고. 기다리시기라도 했던 양 조부의 대답은 이러했다.

　시라는 것은 이치에 맞아야 한데이. 자연의 이치나 사램(사람이) 사는 이치나 꼭같데이. 니 모르나? 모든 날즘생들이 가을 아닌 봄에 알을 까서 새끼를 치는 까닭을? 니 차말로 못 봤나 어이? 가을에 새알을 못 주워 봤지러? 봄에는 날씨가 점점 다사로워져서 유약한 새끼를 키우기도 좋고, 일년 걸쳐 봄 여름에는 풀씨가 몇 차례나 안 맺히나. 버러지도 봄 여름에 흔코 흔치러. 풀씨와 버러지를 물어다 먹이고 키우는 날즘생들은 봄에 알을 까서 여름내 새끼를 키우지. 그래서 가을이 되면 다 자란 어미들이

나 애비들이 되어 추운 겨울도 견딜 수 있지러.

　　그러나 갈에는 더구나 서리 오고 눈이 덮이며는 풀씨는 서리와 눈에 묻혀 안 보이고, 버러지는 번데기로 나뭇잎 뒤에 숨어 붙어서 눈에 안 띄지러. 그러이니 어찌 알을 깐들 새끼를 키울 수 있을꼬? 안 그렇나? 또 가을같이 날씨가 점점 치워지는 때는 날즘생들은 본래 알을 낳지도 않는다. 만약에 알을 낳았다 해도 까지 못할 뿐더러, 깐다 해도 날씨가 점점 추워져서 유약한 새끼가 클 수가 없지러. 아암 없고 말고. 그게 천하 모든 생명의 이치라. 그런 이치를 부자아이는 방안에서 귀하게만 커서 모르지러. 이치를 어그리는 시는 시가 아이고 억지러 맹글어서 짠 장난이지러.

　　그러나 니 보그라. 과부의 외아들은 가을이 늦어 겨울이 다 되는 서리 오고 눈까지 내리도록, 문 바를 문종이도 못 구해서 문도 못 바르고 겨울을 맞아야지러. 얼매나 추울꼬. 가히 눈 덮인 산야에서 잠 못 이루며 추위에 떠는 호랭이지러. 그런 고생은 사램이나 즘생이나 마찬가지지러. 초년 고생은 금을 주고 사서도 한다는 말이지러. 그러이 후자 소년이 지은 시가 더 이치에 안 맞나 말따. 사램이란 고생을 해야 한데이. 그것도 어려서 말이래. 호랭이도 지 새끼 고생시케느라꼬 새끼를 물어다 절벽에서 밀어뜨리지러. 다치고 부러지고 깨치고 해도 살아남으면 사오나운 호랭이가 되지만, 죽으면 그만인걸. 고생을 해야 단단해지고 깨닫는 게 많애서 성공하지러. 재(공자님)께서도 빈한 집에서 태어나서 장성한 까탁으루

하늘보다 높은 공부자<sup>孔夫子</sup>(천자보다 높다는 夫자를 써서 칭한다)라 카는 분이 되셨지러.

그 꼬맹이는 일고여덟 살 먹은 나였다. 나는 그 이후에도 조부한테서 어떤 시론보다 더 위대한 간명한 시론을 자주 들었으나, 또 하시는 소리로 여겨 늘 귓등으로 넘겨듣곤 했다.

손녀인 내가 시를 쓴다는 말을 전해 들으신 조부께선 40여 년간 손녀를 위해 시조를 비롯한 더 많은 이야기를 들려 주셨으나, 어리석은 손녀는 미국바람만 잔뜩 들어서 귀담아들은 적이 거의 없어, 이제야 후회막급이다. 조부님 기일<sup>忌日</sup>이 가까워지면서 그 어르신이 이처럼 간절해질 뿐이다.

대장군(천하대장군과 지하여장군) 잘 있거라
다시 보마 고향산천
과거 보러 한양 찾아 떠나가는 나그네여
대장부 알성급제 천번 만번을 빌고 빌며
청노새 안장 위에 채워 주던 아아 엽전 열닷냥.

'엽전 열닷냥'이라는 유행가도 있었고, 엇비슷한 내용의 유행가도 많았다. 남편의 과거 공부를 뒷바라지하느라, 머리채를 잘라서 끼닛거리를 마련하는 현처<sup>賢妻</sup>아내 상<sup>像</sup>에 대한 민담 또한 얼마나 많았던가. 남편의 과거 공부가 10년 또는 그 이상씩 길어지다 보니, 젊은 아내가 집안 식솔의 생계를 책임지는 피눈물 어린 이야기들도 수없이 전해지곤 했다.

　이런 헌신과 희생, 봉사의 아내 뒷바라지를 받아 10년이나 공부했건만, 그럼에도 낙방한 선비는 어찌 낯을 들고 귀향할 수가 있었으랴. 어사화御史花를 꽂고 띠까 나팔을 불리며 말 타고 금의환향錦衣還鄉하는 남편 모습을 꿈꾸면서, 말(馬)이 할 일, 소(牛)가 할 일을 가리지 않고 해 온 아내를 어떻게 면대面對할 수 있었으랴. 그래서 유리걸식하며 제2, 제3의 김삿갓이 된 이들 또한 얼마나 많았으랴마는…….

　　십년 공부 글방 공부 어데로 가고
　　눈물을 흘리면서 고향 떠난 서생書生아
　　오하차 저문 날에 노새만 울어
　　아가씨 선물 받은 쌈지도 울어……

　등등의 낙방 서생의 비애를 그린 유행가도 있었다. 정한수 천만 사발의 목욕재계 기도로, 손바닥이 손등이 되는 정성이 얼마나 허망하게 무너지고 말았으랴마는…….

　이런 노래들은 이른바 열녀의 내조內助가 칭송되고 은근히 권장되는 내용으로써, 현처의 이미지는 얼마 전까지도 이렇게 줄기차게 이어지곤 했는데, 최근 들어 어느 새 사라지고 말았다,

　미국 유학생들에게도 여러 가지 장학금제도가 회자되곤 했는데, 내

가 유학하던 70년대 초에도 '와이프 스칼라십wife scholarship' 이라는 게 있었다. 상당수 유학생들의 비싼 유학비는 그들의 아내들이 책임지고 조달하곤 했다. 이른바 유학생의 아내들은 미국내의 주로 중국인 식당 같은 데서 밤늦도록 고된 일을 했다. 손에 물집이 잡히고 습진이 생길 정도로 궂은 일을 해서 번 돈으로 남편의 유학공부를 뒷바라지했던 예가 많았다. 또는 이렇게 번 돈으로 냉장고 전축 등의 고가품을 사가지고 귀국하여, 비싸게 팔아서 귀국 후의 재산을 일구는 데에도 보탬했다.

이런 현처 덕을 미리 계산하고 미국에서도 취업이 가능한 직업을 가진 여자와 결혼하여, 아내가 식당일 같은 궂은 일이 아닌 보다 편한 직업으로 번 돈으로 쉽게 공부하고 돌아오는 예도 적지 않았다. 이런 한국적인 아내상은 '처복妻福이 상복上福' 이라는 옛 속언에서 비롯되지 않았을까?

자기 아닌 타인(남편이 타인일 수만은 없지만)을 위해 이처럼 헌신 희생 봉사하는 부인을 찬양하여, 조선조에는 조정에서 열녀烈女를 선발하여 표창하거나 열녀문烈女門 또는 홍살문을 제수하여, 시댁 가문을 빛나게 하는 제도가 있었다.

1502년 임진년에 조선팔도의 열녀를 선발하여 효자 충신들과 함께 표창했는데, 제일 많은 열녀가 배출된 도는 경상도로서, 113명이나 되었다. 충청도는 35명의 열녀가 있었고, 경기도는 87명의 열녀가, 황해도는

20명, 평안도는 4명, 강원도는 46명, 전라도는 8명, 함경도는 33명의 열녀가 표창을 받았다는 기록이 있다.

이상의 열녀들은 구체적으로 어떤 열녀다운 공로를 세웠는진 몰라도, 짐작건대 말할 수 없는 심신의 희생과 헌신 봉사의 고행을 감당했을 것이다. 열녀라는 명칭은 이른바 '열녀불갱이부烈女不更二夫(열녀는 지아비를 바꾸지 않는다)'라 하여, 정절은 말할 것도 없고 과거 공부 뒷바라지를 비롯한 기타 수많은 명예를 창출해 주고, 나아가 이런 명예를 지켜주는 지붕과 담벼락과 울타리의 거친 역할을 감당해 온 것에 대한 허울 좋은 보답일 수 있었으니, 여성이 어찌 남성보다 더 험하고 궂은 일을 감당했다 아니하랴. 따라서 자신과 친정집안은 물론 시댁의 가문을 빛내는 영예를 창출해 내고 지켜 내는 일이 곧 여자의 몫이었다. 그래서 십수 년간 아무도 등과登科하지 못한 집안에서는 열녀라도 나와주어야만 조상들과 자손들에게 덜 부끄럽다 하여, 여성들에게 압력으로 작용한 폐해 또한 없질 않았다. 한양의 권문세도가權門勢道家에 의해 부정등과不正登科가 예사롭게 이루어졌던 과거제도에서, 지방의 선비들이 실력으로 등과하기란 하늘의 별 따기보다 더 어려웠을 테고, 그러므로 초초해진 문중에서는,

"열녀라도 나와주면 체면이 서겠건만, 십수 년이나 등과 근처에도 못 간 문중은 상민이나 다름없지 않는가!?"

하고 개탄하는 일이 종종 있었다. 논어에서 공자님께서 말씀하신 대로 입

신양명立身揚名하는 것도 효孝의 개념으로 본 조선조에서는, 조상과 가문을 빛내야 하는 자손된 의무와 책임을 다하지 못한 집안은 저절로 이른바 저성문중著姓門中(이름난 성씨문중)이라는 명단(명단이 있었는진 몰라도)에서 사라지면서 몰락할 수밖에 없지 않는가. 그러다 보니 나이 어린 과수에게 수절守節 이상의 자진自盡이 강요되기도 했던 것이다. 그래서 양반촌 마을에는 자녀목刺女木이라는, 여성이 목매달아 죽는 자살 전용 나무도 있었지 않을까? 물론 실덕한 부녀자들이 자살하는 나무이기도 했지만.

어쨌거나, 붉은색의 순절을 상징하는 홍살문을 제수받아 집 앞에 떠억 세워두게 되면, 진사급제에 버금가는 명문중으로 칭송될 수가 있었다고 한다.

이러한 역사적 배경을 지닌 우리 문화에서 엊그제 같은 6~70년대에만 해도 대학생들 특히 남자 대학생들이 애창하던 엽전 얼딧냥이란 유행가가 죽장에 삿갓 쓰고 떠나가는 김삿갓과 함께 있었고, 그런 아내쯤을 가진 남편의 프라이드가 선망의 대상으로 인정되기도 했으리니, 왜 와이프스칼라십이 나오지 않았으랴.

불과 10여 년 전의 복부인福婦人도 이런 맥락에서 해석되어야 할 것이다. 돈 못 버는 샌님 남편은 과거 공부 하는 선비 기질의 선량한 이미지를, 그의 아내는 온갖 험악하고 거친 일을 마다하지 않고 말 갈 데 소 갈 데를 다 다니면서 가족의 생계를 책임지는 억센 여장부女丈夫의 현처상을 이어온 셈이다. 남편은 월급 받아 자기 용돈 정도나 조달하고, 아이들의 학비와 비싼 과외비 조달은 아내 몫이 되고 말았다. 뿐만 아니라, 아이들의 학원과 학교의 공부도 챙겨서 우등생으로 만들어 일류학교 입학을 책임지는 것도 어머니 즉 아내의 몫이어서, 치맛바람이라는 악평을 받기도 했다. 자녀의 학교 성적이 신통치 않거나 진학시험에 떨어지면 으레 남편들은 집안에서 뭘 하느라고 자식 뒷바라지도 못했느냐고 아내들을 핀잔 주기도 하지 않았던가.

　　아내의 책임과 의무는 한정도 없어서, 남편의 승진과 영전을 위해 남편 상관집의 김장과 빨래는 물론, 아이 보기까지도 해 주고, 뇌물을 바치고 로비도 해 내고, 자식을 위해 병역까지 면제받아야 하는, '신**의 아들'의 어머니인 신**이 되는 책임을 졌다. 요즘 아들의 병역면제를 위한 뇌물 부정사건은 모두가 아내인 어머니들의 몫이고, 남편들은 한결같이 몰랐다지 않는가. 남편의 부하로부터 받은 수억 대의 뇌물이나 옷로비 등도 모두가 혼자 책임지고 남편 대신 옥살이도 감당하는 현대판 열녀들을 위해서는 홍살문이나 열녀표창은 없는가?

　　이런 남편과 자식들의 성공은 물론 그 가문의 지위 상승은 오로지 아내이자 어머니의 몫이 된 역사적 근거가 바로 열녀 이미지의 현모양처 이미지에서 비롯되었다고 누가 부정하랴. '처복이 상복', '여중군자', '여장부' 등의 표현은 곧 이런 전후사정에서 그 의미가 유래되어 미화된

바 없지 않을 것이다. 이것이 남성들이 기대하는 우리 나라 여성 이미지 일까, 아직도?

우리말에는 전문직이나 전문가를 표현하는 어휘로 '질' 과 '꾼' 과 '쟁이' '보' 등이 있었던 것 같다. 순수 한글어가 한자어에 밀려 비하의 의미도 포함되는 듯이 사용되기도 했지만 아무튼 전 문성을 표현할 때 쓰였던 순수 한글 어휘였다. 6~70년대까지도 사범 대학을 졸업한 신랑감을 두고 시골 할머니들은,
"신랑감이 선생질 한다 카드라. 아, 왜 이전(예전, 옛날)의 훈장질 아이라" 라고 했다.

졸업 후 교사로 일하는 내가 고단하여 못 일어나는 일요일이면 어머 니는 "선생 똥은 개도 안 먹는다 카는데, 월매나 고단할꼬오" 하시며 측 은해 하셨다. 어린 것들을 가르치느라 하도 속을 태우다 보니, 선생 똥은 개의 입맛에도 쓰디쓴 소태맛이었다는가.

'질' 이란 말은 원래는 전문직을 의미하는 좋은 뜻의 어휘였을 게 다. 마치 계집이란 말이 조선조에는 그의 집이라는 좋은 의미였다가, 점 차 비하*T하는 의미로 바뀐 것처럼.

아무튼 훈장질, 가정교사질, 공무원질 등의 표현과 동격으로 사용 되어 온 것만은 사실이다. 물론 서방질, 도적질, 계집질, 딸국질, 삿대질

등과는 다른 뜻이지만.

'쟁이' 로는 글쟁이, 석수쟁이, 욕쟁이, 환쟁이, 유기쟁이, 대장쟁이, 기계쟁이 등이 있는데, 요즘 와서 수다쟁이까지 보태어져, '질' 과의 동격 의미로 쓰이지 않았을까?

'꾼' 도 전문가의 의미로서, 소리꾼, 춤꾼, 술꾼, 땅꾼, 난봉꾼, 노름 꾼, 몰이꾼, 사냥꾼, 낚시꾼, 싹쓸이꾼 등으로, 좋고 나쁜 뜻으로 전문가 를 의미했지 않을까 싶다.

'꾼' 보다 좀 낮거나 조소적인 의미로 '보' 가 있었다. 먹보, 울보, 늘 보, 잠보, 째보, 곰보 등으로, 그리 좋은 의미로 쓰이지는 않은 듯하다. 그 러나 그 빈도에서 단연 번다했다는 뜻이며, 드디어는 전문가에 버금간다 고 비아냥거려 온 것이 아닐까.

훈장질은 훈장訓長이란 글방선생이 자신과 동격인 어른, 즉 성인을 상 대하지 않고, 주로 코흘리개 아이들을 상대하는 직업이란 점에서, 여타 관직과 구별하여 천시하는 의미를 담아 낸 표현으로 본다. 훈장 똥은 개 도 안 먹는다는 등의 속언이 이를 뒷받침한다. 그러나 아동의 정신세계에 미치는 영향을 고려하여 '군사부일체君師父一體(임금과 스승과 아버지는 같은 분이라는 뜻)' 니 '선생은 그림자도 안 밟는다' 느니, '사부師父', '사모師母' 등의 표현으로 대우하려 애쓰기도 했던 것 같다.

모질게 추운 어느 날, 김삿갓으로 알려진 시인 병연이 떠돌이 나그네 길에서 추위와 허기에 못 이겨, 어느 글방을 찾아들었겠다. 선비인 그로서는 행색이 걸뱅이였으니, 그래도 가장 이해받을 만한 곳이 글방이였다고 생각했을 터. 훈장과 글내기도 할 수 있고, 학동學童들에게 글귀도 일러 들기면, 옷차림으로 사람을 평가하는 사람들과는 뭔가 더 나은 대우를 받을 수 있겠거니 계산했음일까?

아무튼 어느 조고마한 글방을 찾아들었는데, 아무리 기다려도 잠깐 나갔다는 훈장은 돌아오지 않고, 학동들 일고여덟이 붓장난을 치고 있었던 모양이다. 추운 몸은 녹였으나 허기虛飢는 더해 왔는데, 훈장의 점심을 얻어먹기는 글렀다 싶어서, 홧김에 아이들의 붓을 뺏어 글방 바람벽에다

아래 글귀를 적어 두고 떠났다는 이야기도 전해진다.

서당書堂은 내조지乃早知이고 (서당은 내 일찌기 잘 아는 바이고)

방중房中은 개존물皆尊物이라 (방안에는 모두 존귀한 물품들이라)

선생先生은 내불알來不謁이고 (선생은 와서 나를 알현하지 아니하고)

생도生徒는 제미십諸未十이라 (생도는 모두 열 명 미만이구나)

돌아온 훈장이 바람벽에 쓰인 욕지거리 발음의 글귀를 보고 대노했음은 두말할 필요도 없으리.

공부시간에 글공부 지도는 제대로 안 하고 주막네를 자주 찾는 훈장을 욕보이는 학동의 글도 전해지고 있다. 소피(소변) 보고 금방 돌아온다던 선생이 함흥차사咸興差使(태조 이성계가 아들인 태종 이방원이 두 동생을 죽이자, 화가 나서 고향 함흥으로 돌아가 버렸다. 그리고는 임금인 태종 이방원이 명절이나 생신 때, 혹은 문안차 차사들을 보내면 모조리 죽여서 아들 태종에 대한 분노를 표시했다. 그래서 가서 안 돌아오는 사람을 함흥차사라고 부르게 되었다)이자, 아이들은 선생 집 뒤뜰의 대나무를 잘라서 장난을 치고 있는데, 급기야는 훈장어르신께서 돌아오셨다. 돌아와 보니 훈장이 아껴 둔 대나무를 잘라서 아이들이 장난을 치고 있지 않는가. 훈장은 대뜸 아이들에게 홰(화)를 냈다.

"이눔들! 내가 아끼고 요긴케 쓸라는 대를 잘라서 말 타고 장난질이구나!"

아이들은 성난 훈장한테 물론 거짓말을 했다. 훈장어른을 기다리다 심심해서 각자가 제집으로 가서 자기집 대나무를 잘라 와서 놀고 있다고. 그러자 훈장은,

"니눔들 집 대나무는 우리집 대나무만큼 좋은 대가 아닌데, 보아하니 니들이 가지고 노는 대나무는 모두 좋은 대구만―. 그러니 내 집 대가 틀림없지"라고. 그러자 아이들은 일제히 다음과 같은 대답으로 훈장을 욕보였다 한다.

"그럼요. 선생가죽先生家竹은 개가죽皆佳竹(선생님 집의 대나무는 모두 아름다운 대나무)이지요"라고. 뜻은 선생을 위하여, 발음은 학동인 저희들을 위하였으리라. 굶주리고 헐벗으며 자라던 아득한 시대의 학동기에도 이렇게 글장난하며 유머와 위트가 이처럼 넉넉했다니, 부럽다 못해 부끄럽다마다.

# 군침도는 고봉밥과
## 오종종한 아낙의 군서방질

　　어느 새 소월의 시, 〈산유화〉의 갈 봄 여름 없이 꽃이 피고 진다는, 갈이다. 촌스런 말로는 가실이고 서울의 중산층의 말을 따라 정한 표준어로 가을이다. 봄날의 꿈과 여름철의 땀흘림이 바야흐로 갈날의 열매로 이어지고 있다.

　　불과 4~50년 전만 해도 이밥(쌀밥) 한 그릇 독차지하여 먹어 보는 것이 소원이던 이들도 적지 않았는데, 고봉으로 담아 내 온 하얀 이밥을 마음껏 먹어 보고 싶다. 다 먹고 나면 배를 두드려 북소리가 나도록. 지금은 삼백三白 즉 세 가지 하얀 음식으로 하얀 쌀밥, 소금, 그리고 하얀 설탕을 피해야 한다는 건강식사도 권장되고 있지만, 조금만 옛적으로 돌아가 생각해 봐도 하얀 쌀밥은 손님상이나 사랑방 식구들의 밥상에서나 구경할 수 있지 않았는가.

　머슴을 비롯한 안식구들은 그저 잡곡밥도 고봉으로 담아서 배불리 먹어 보는 것이 소원이던 시절이 있었다. 밥을 풀 때 발뒤꿈치가 들리도록 주걱으로 꾹꾹 눌러가면서 담고도 밥주발이나 사발 위에 또 하나의 밥주발을 엎어 놓은 듯이, 아니 높은 산봉우리 하나를 쌓아 얹어 둔 것처럼 담아 주는 고봉밥! 그러므로 알뜰살뜰한 자애로움이나 유난스런 정감의 표시로써 생일날이나 허물없는 지친(12촌 이내의 혈연 사이)에게 그런 정표를 표현했다.

　이런 하얀 고봉밥을 보면 입안에 절로 군침이 돌았다. 언젠가는 정진규 시인이 어릴 적의 고봉밥을 기억하여 쓴 시를 본 적이 있어, 잊어버리지 않으려고 메모를 해 두었는데, 하도 단디(단단히) 두어서 찾지를 못하고 있다.

　그때는 음력 3~4월은 보릿고개라 하여 채 익지 않은 풋보리를 베어 먹을 수도 없고, 그렇다고 보리가 익을 때까지 굶고 앉았을 수도 없어, 풀뿌리나 마악 돋아나기 시작하는 풀잎과 나뭇잎으로 근근이 연명하던 시기였다. 이른바 '보릿고개'였다. 요즘은 대학 시간강사들은 강사료가 없는 여름방학과 겨울방학을 보릿고개라고 한다지만. 먹는 것이 늘 부족하여 걸신乞神(걸신은 거지 귀신으로써, 죽어 저승에 들어가지 못하고 떠돌아다니며 구걸하며 먹고 산다는 귀신이다. 이런 귀신들은 제사를 지내 주는 자식이 없거나 장가 못 가고 죽은 몽달귀신, 시집 못 가고 죽은 손각시들이라고 했다) 들린 듯하던 그 보릿고개를 넘으려면 영양가 없는 초근목피로 배를 불려서 어린 아이들의 배가 고봉밥처럼 솟아오르곤 했다.

먹을 것만 부족한 게 아니라 입을 옷도 부족했던 때라, 아이들 특히 사내아이들은 아랫도리를 못 입고 다녔는데, 배만 고봉밥처럼 아니 배꼽도 참외처럼 툭 튀어나왔다. 지금은 구경하기 힘든 배꼽참외가 이런 시대의 흔적으로 생겨서 아직껏 남아 있는 말이다. 이런 아이들에겐 개구리 몇 마리만 잡아 먹이면 고봉밥 같은 배가 푹 꺼지곤 했으니, 동물성 단백질이 부족했던 가슴 저리도록 눈물겨운 시절이었다.

이처럼 늘 배고파서 저절로 눈물이 나곤 하던 봄방학 때, 남학생들은 그나마 출타가 허용되었다. 무슨 구실 하나를 맹글어가지고(만들어서), 그래도 제집보다 조금은 낫게 산다는 고모댁이나 대고모(아버지의 고모님)댁 또는 이모댁을 찾아가면, 혈친의 손자국이 찍힌 고봉밥을 담아 주는 짙고도 아린 향기의 사랑이 있었다. 그래도 체면상 좀 남길 기미를 보이면, 철거덕 숭늉이나 국물을 부어 말아 주어서 남기지 못하고 다 먹게 해 주던 대고모님의 추억은 아직도 눈물나는 매운 향기의 정표가 아닌가.

들국화와 갈대꽃이 눈부신 논두렁길을 한정없이 따라가서, 야트막한 산 아랫마을 외딴 곳의 몰락한 선비댁 싸리대문을 밀치고 들어가서, 버선발로 달려나온 대고모님께 엎드려 절을 올리고, 안부를 골고루 묻고 대답해 드리고 나면, 때절은 치맛자락을 끌어댕겨가며 연신 눈물을 찍어 내면서 살뜰한 피붙이들의 안부를 듣고 그리워하던 대고모 할머니는, 군이 밥때가 아니어도 서둘러 정지(부엌)로 들어가 있는 것 없는 것 다 찾아서 더운 밥 한상을 차려서 내 온다. 따끈한 햅쌀 이밥을 고봉으로 담아주고는 턱받치고 마주앉아서, 친정 조카의 밥 먹는 모양을 자신이 먹는 것보다 더 좋아하며 기특하고 대견스러워했었지. 그런 인정까지도 고봉으로 담긴 밥상 한 번 받아 놓고 허리끈을 풀어놓은 채 퍼질러 앉아서 '마파람에 게 눈 감추듯이' 고봉밥 한 그릇을 순식간에 뚝딱 먹어치우고 싶어진다.

바로 그 대고모님댁 마당귀쯤에 한창 모과가 누렇게 익어가고 있다면, 저절로 입안에서 군침이 돌아, 시고 떫은 듯이 입맛을 다시곤 할 텐데……

"울퉁불퉁 모개(모과)야 아무따나 크그라."

처녀적의 대고모가 아기 적의 그 조카를 재울 때 불러 주던 자장가가 아니던가.


아무리 사는 형편이 빳빳해도, 오늘 온 친정 조카가 행여 원치 않는 군식구로 기약 없이 머물면 어쩌나 하고 대고모님은 걱정하지 않을 것이다.

군식구, 군더더기, 군말, 군소리, 군정군정거리는, 군불, 군것질, 군냄새, 군동네, 군내난다, 군서방질, 군침돌고 샛목 괜다…… 등의 '군~'은 객식구, 필요 없는, 쓸데없는, 불분명한 등의 의미로 쓰인, 조금은 촌티 나는 우리말이 아닌가. 촌티가 날수록, 뒷간 냄새가 묻어날수록 인정의 순수성과 땟국은 두텁게 느껴지지 않는가.

가뜩이나 겨울나기 힘든 형편에 장정이나 다름없는 군식구 한 둘이 늘어붙어서 안 떠나면, 대고모님 같은 안주인의 입에 밥숟가락 들어가기는 못내 힘들게다.

우리 문화에는 과객過客이 많았다. 옛 이야기에 자주 등장하는 떠돌이 손님, 제발로 찾아와서 며칠 머물기를 청하는 주로 남자어른들이 과객過客, 즉 지나가는 나그네였다. 끼니때가 다 지나서 잘밤에 들이닥친 과객을 위해서 음식 짓는 시설이 불편하기 짝이 없던 때에도 새로 밥을 지어 차려내야 했다. 이런 때 안식구들은 군소리로 불평하며 귀찮아했다. 그러나 과객이 찾아드는 집은 흥하는 집, 즉 밥술이나 먹을 만한 집이어서, 오히려 좋은 징조로 반겨야 했다. 그러나 그렇게 찾아든 과객이 떠날 눈치를 안 보이고 군식구로 늘어붙을라치면, '가라고 가랑비가 온다' 고 할 수도 없고, '있으라고 이슬비가 온다' 고 할 수도 없이, 적이 난처했다. 이렇게 반갑지 않은 손님이나, 오래 늘어붙는 손님을 군식구 또는 객식구라고 했다.

삿갓시인 김병연이 다 늦은 늦가을밤에 어느 절을 찾아들어 하룻밤을 자고 가기를 청했다. 인정상 거절 못하게 되어 있던 그 당시에, 절집 중이 과객의 행색을 보니 걸인이라. 겨우내 군식구로 늘어붙으면 가뜩이나 공양미가 부족해서 겨울나기 힘든 절집 형편이라, '타' 자를 운자로 줄 테니 시를 지으면 재워 주겠다고 했다. 중의 입에서 '타' 라는 말이 떨어지기가 무섭게 김삿갓은

　　"석양 과객 시장타" 라고 시를 지었다. 중이 다시 '타' 라는 운자를 주자, 삿갓은

　　"이 절 인심 고약타" 라고 대답했다. 중이 화가 나서 다시 '타' 를 부르자 시인은

　　"지옥 가기 딱 좋타" 라고 즉각 대답했다는 이야기도 전해진다.

　　'비맞은 중같이 군정군정(궁시렁)거린다' 등도 필요 없고 쓸데없는 객말을 한다는 '군~' 의 접두어를 사용했다. 땔감을 아끼느라 밥짓는 불로 난방을 겸하던 겨울철에는, 새벽녘이면 방바닥이 차게 식었다. 방구들이나 특히 아랫목의 방바닥이 냉돌이거나(차거나), 따끈해야 할 숭늉이 식어서 '서울 양반 이마 씻은 물같이' 냉랭할 때는, 나가서 군불(객불)이라도 지펴

야 했다. 끼니때의 식사는 안 하고 군것질만 좋아하는 버릇, 모과라는 말만 들어도 쎄바닥(혓바닥) 밑에서 지젤로(저절로) 군침이 돌고, 어느 새 목 안에서 신물이 올라오는 샛목괴는 버릇을 요즘 말로는 뭐라꼬 카지(무어라 하지)?

'군'이라는 접두어가 붙는 여러 가지 말 중에서 가장 매력 있는 것은 만해 한용운의 〈군말〉이라는 시이다. 시집《님의 침묵》의 서시로 만날 수 있다.

또한 뭐니뭐니 해도 '군서방질'도 재미있다. 흔히 연하의 남편과 사는 과년한 아낙이나, 유난히 암내 풍기는 여편네는 생김생김이 '오종종하다'고 칭했다. 수려하고 훤칠한 허우대의 부인네나 잘생기진 않아도 어딘가 귀티가 나는 듯하고 품위가 느껴지는 아씨나 마님감처럼 정숙한 분위기의 부인네가 아니라, 부르지 않아도 뽀르르 쪼르르 마실(이웃 다니기)을 잘 다니고 소문도 잘 물어내는, 왠지 좀 낮춰 부르고 싶어지는 아낙은 밤이슬 맞아 가며 밤마실도 즐겨 다닌다고 한다. 그러다가 군서방질한다는 뜬소문도 감수하게 되기도 하고.

자기 남편 외의 외간남자와 눈이 맞거나 한다면, 조그마한 실수에도 "군서방질 댕기느라 가래쟁이(가랑이)에 불나는 줄도 모르지러" 하는 모욕적인 평판을 감수해야 한다. 그래서 조심스러움이 아니라, 조신(操身)스런 몸가짐으로 평생 한마을에서 살아내야 하는 옛 여인네들에게는 오늘날 여성들의 거침없고 활달한 걸음걸이가 어떻게 비쳐질까?

요즘 아이들은 밥먹고 자라는 게 아니라 군것질로 크는 것 같다. 군것질은 주전부리, 간식, 스넥 등으로 변하면서 쓰이고 있지만, 그래도 군것질이 가장 멋스럽다.

'～질' 은 직업적인 전문성의 의미로도 쓰였다. 훈장질, 선생질, 가정교사질, 도적질, 서방질, 난봉질, 손가락질 …… 등의 표현은 불과 3~40년 전만 해도 자주 들었던 귀에 익은 말인데, 어느 새 귀에 설은 말이 되었다. 이 중에도 '서방질' 만은 남자 아닌 여자의 바람기가 행동화되는 것을 의미했으며, 남자의 그런 행동은 '난봉질' 이라 했고, 심한 경우는 '난봉꾼' 이라고 하여 전문가로 칭해졌다.

우리 시골의 어느 마을에 효불효<sup>孝不孝</sup>라는 돌다리, 즉 징검다리가 있는 내<sup>川</sup>가 있다. 어지간히 자란 아들 몇을 둔 아직은 젊은 과수댁이 밤마실을 다녔단다. '니 아들이 신통하면 왜 밤마실을 다닐거나?' 라는 말이 있었다. 하도 자주 밤에 집을 나가 이웃으로 잘 다니는 젊은 며느리를 나무라는 시어미한테, 며느리가 속으로 대꾸하는 말이라 했다. 어린 신랑이나 부실한 남편을 둔 오종종한 아낙네의 푸념이자 말대꾸였겠지. 더 나아가서는 부실한 서방 둔 년이 군서방질 좀 하면 어떠냐? 는 항변으로도 해석되리라.

    효불효교는 이렇게 남편 있는 아낙의 경우가 아닌 과수댁의 이야기이다. 밤마실을 자주 다니는 어머니의 소문이 하도 안 좋아서, 하룻밤은 아들이 뒤를 밟았겠다. 집을 나간 어머니는 차가운 냇물 건너 사는 홀아비와 정분을 통했다. 이를 어떻게 처리할 것인가를 의논한 아들들은 고인이 된 아버지에게는 불효스런 일이지만, 홀로 사는 어머니에겐 효도가 되는 돌다리를 놓아 주기로 했고, 이 징검다리를 건너서 밤마실을 다니면서 홀아비와 군서방질을 하는 어머니는 밤마다 버선을 벗고 찬 냇물을 건너는 고생을 안 해도 되었단다. 그래서 사람들은 이 다리가 살아 있는 어머니에겐 효가 되지만, 돌아가신 아버지에겐 불효가 된다 하여 효불효교라고 불렀다고 전해진다.

# 입 맞췄다 쪽나무
# 방귀 뿡뿡 뽕나무

내외벽內外壁이란 것이 있었다. 초가 삼간이라 해도 안채와 사랑채 사이를 구별짓는 작은 담장이었는데, 이른바 남녀가 유별有別하던 시대에 외간남자와의 면대를 피하면서 용무를 대화로 주고받을 수 있게 한 묘책이었다.

"이러라(이리오너라)!" 하고 손님이 사립간에서 하인을 부르면, 여인네만 있을 때는 안주인이 이 내외벽 뒤에 몸을 숨긴 채, 손님의 행색을 살피면서 "사랑어른께선 출타중이라고 여쭈어라"라고 했다. 즉, 가난해서 하인을 두지 못하는 집이어도, 마치 하인이 중간에서 심부름으로 말전갈을 하는 양, 제삼자를 시키는 듯이 했다. 아직도 전통가옥이 남아 있는 마을에서는 이 내외벽을 발견할 수 있는데, 흔히 일자형—字型의 여인네 키만한 낮은 담장이거나, 그런 담장의 윗부분에 돌 한 개 크기의 구멍이 뚫린 것도 있어서, 여인들이 그 구멍으로 쉽게 손님을 살펴 볼 수 있게 했다.

사랑채의 사랑방에 사랑방문화가 있었듯이, 여성공간인 안채에는 안방문화가 있었다. 문간채 즉 행랑채의 머슴방문화도 물론 있었다. 겨울철에는 특히 춥기도 하고 또한 농한기라서 사랑방, 안방, 머슴방을 중심으로 한 다양한 하위문화가 더 활발해질 수 있었을 게다.

안방의 중심은 안식구 중의 가장 큰 어른인 상노인이었으니, 연로한 안노인은 반촌班村(반촌은 외성받이 양반마을이고, 반대는 민촌民村으로 여러 성씨들이 섞여 사는 각성받이마을임)마을의 상노인으로서, 수하手下의 남녀친척들, 즉 주로 지친(12촌 이내를 지친이라 하고 그 이상의 촌수는 그냥 일가나 친척이라고 함)들이 문안인사차 자주 들러서, 온갖 정보며 즐거운 이야기로 심심풀이를 해 드리는 도리를 즐겨했기 때문이다. 중년의 부인네들, 젊은 새댁들, 미혼의 처자들은 물론 따라 묻어 온 여아들과 남아들과 친척 남정네들까지 마실 다니듯이 스스럼없이 드나들었다.

남성공간인 사랑채에는 주로 대추나무나 대나무, 호두나무 등 남성을 상징하는 나무를 심었고, 여성공간인 안채에는 여성을 상징하는 석류나무, 배나무, 감나무 등을 심었다. 가을철 창호문을 바를 때도 사랑방 문에는 대닢을 따다 수놓아 발라서 대쪽 같은 선비의 품격을 상징했고, 안

채 특히 안방의 창호문에는 국화꽃과 국화잎새를 수놓아 발라서 찬서릿발도 견디어 꽃피는 여인네의 정절과 격조를 상징했다.

"신관(모습)이 좋아 보이시니더 할매요." 문안인사를 온 친척의 말에, "글타마다. 가로 늦게 단풍든다더이, 이제사 새로 청춘이다고마. 시집 좀 보내다고." 이런 대답으로 농은 시작된다.

"안 그래도 쇠뜨들 가서 숫솨지(숫송아지) 한 마리 물색해 놨니더." 라고 우스개로 대답하면,

"너무 포시라워서(호강스러워서) 만신이 쑤시는데, 총각한테 시집 안 가면 안 낫는 병이라 카드라 점쟁이가."

"연지볼이 볼또그레 하이, 우리 할매(할머니, 할마님, 할미, 할마시, 할망탕구,할망구 등) 처자(처녀)보다 더 곱니더만."

연지볼, 뺨, 볼따구, 따구, 뺨떼기, 볼테기, 볼따구니, 귀떼기, 귀싸데기, 귀싸벡기, 귓쌈 등의 유사어가 있었지만, 젊은 여성의 뺨은 연지곤지를 찍고 바른다 하여 연지볼이라고 했을까? 이렇게 주고받는 농담으로 웃음은 몇 차례씩 물결치곤 했다.

이런 때 묻어 온 여아들과 그들의 어린 남동생들은 저희들끼리 돌아앉아서 재롱을 떤다.

"가자가자 감나무, 오자오자 옻나무, 십리절반 오리나무, 가다보니 가닥나무, 오다보니 오동나무, 대낮에도 밤나무, 양반동네 상나무, 깔고

앉자 구기자 나무, 따끔따끔 가시나무, 칼에찔러 피나무, 마당쓸어 싸리
나무, 입맞췄다 쪽나무, 방귀뽕뽕 뽕나무, 대끼이놈 대나무, 참그라고마
참나무요······."

이런 나무노래에 이어 '쩍노래' 도 있었다.

"옛날 옛적에, 갓날 갓적에, 무자수 고려적에, 대꼬바리 두드릴적
에, 문풍지는 파르르, 귓부리는 앵앵, 나막신은 딸각, 짚세기는 펍석, 미
투리는 빠지직······."

한 아이가 선창을 하고 다른 아이들이 후창을 했다. 또한 아무나 창
의적으로 가사를 즉석에서 지어 보탤 수도 있었다.

"가가 가다가, 거겨 거렁(냇물)에, 고교 고기잡아, 구규 국을 끓여,
나냐 나도 먹고, 너녀 너도 먹어라, 노뇨 나먹자, 다댜 다먹었다, 더뎌 더
다다고, 도됴 됬다먹자······" 이런 언문노래도 있었다.


머슴방(행랑방)문화도 있었다. 추수 후 장작더미나 솔가리나
무더미를 쌓아 겨울 땔감 준비를 마치면, 대개의 집에서는 그해의
새경(연봉)을 주고 머슴을 내보낸다. 그래야 머슴이 먹는 겨울 양식을
절약할 수 있기 때문이었다. 고된 시집살이를 산 며느리가 더 못된 시어
미 된다는 말처럼, 머슴살이로 재산을 일군 주인이 머슴을 더 혹사한다는
말도 있다. 천석꾼 부잣집이라 쫓겨나지 않은 머슴의 방, 즉 겨울에도 집

에 두고 부리는 머슴 방으로 쫓겨난 동네 머슴들이 다 모여들어 머슴방문화를 이룬다. 남녀의 음담패설이나 제 주인집 흉잡기, 동네 과부나 처자들의 스캔들 등과, 자신들의 애환 신세타령 등은 새끼꼬기, 가마니나 멍석짜기, 짚봉세기만들기 등 농기구를 만드는 지루함과 지겨움을 잊게 해 주는 재밋거리였다.

"웃마을 자린고비(구두쇠) 주인집에서 쫓겨난 머슴의 얘기란다. 밴동거리고 눈가림에 얌체짓만 해 쌓는 못된 머슴을 둔 자린고비 주인은, 봄농사를 시작할 쯤에 돌연 헌머슴을 해고시켰겠다. 갑자기 해고당한 머슴은 갈 데가 없어, 한 달만 말미를 청해 놓고는, 천날만날 산도라지를 캐다 널어 말렸단다.

어느 날 주인이 살펴보니, 그 도라지 틈에 서너 살짜리 고추만한 산삼<sup>山蔘</sup> 한 뿌리가 섞였지 않는가. 이눔이 정녕 산삼을 도라지로 알았지리! 주인은 틀림없는 산삼으로 알고, 도라지나물이 먹고 싶다면서 팔라캤단다. 이눔이 도라지값을 엄청 달라면서, 장터국밥집에서 주문받아 캔 것이라지 않나. 그래도 주인은 틀림없는 산삼인데, 좀 많이 줘도 좋다 싶어서, 달라는 값을 다 주고 사서 달려먹었겠다.

아닌게 아니라 전신에 기운이 솟아오르는데, 주막년 생각이 간절해지더라고. 그래 벌건 대낮에 주막년을 찾아가 보니, 어느 새 그 머슴눔이 먼저 와서 주막년을 끼고 자더라고. 툇마루에 앉아서 주막년 나오기를 기두리는데, 웃녘말씨(서울 경기 지방 언어)로 킬키덕거리는 소리가 새나왔단다.

‘그새 뭘 해서 큰돈을 벌었냐니깐.’

‘도래(도라지)캐서 벌었다잖여어!’

‘도래가 뭔 돈이 되는감?’

‘아 글시 그눔의 영감탱이가 산삼인 줄 알기에, 한 몫 잡았지이. 장날 수삼 한 뿌리를 사다가 주인영감탱이 보라고 일부러 도래(도라지) 틈에 끼워 말렸는디, 홈빡 속아주더라니까.’

이 말까지 듣는 순간 주인은 두 다리의 기운이 좌악 빠져, 휘청걸음으로 돌다리를 건너다 고마 냇물에 빠져서, 올봄 내내 못 일어나고 누웠다잖는가 말어어."

요런 이야기로 머슴방에는 커르르 커르르 웃음이 파도치곤 했단다.

"고 자린고비가 그 재산을 워뗳게 일궜다꼬. 웃대(아버지대) 머슴살이 한때<sup>代</sup>까지 겹쳐, 이를 악물고, 안 먹고 안 입고 새경을 뫄서, 첨(처음)으로 논빼미를 샀지러. 하도 공생스럽고 생광스러워서 밤에 잠이 와야제. 그래 야밤에 삿갓 쓰고 골째기 논을 보러 갔다지. 가 보니, 살 때는 틀림없이 다섯 빼미(쪽 또는 다락)라 캤는데, 암만 시아려(헤아려, 세어) 봐도 네 빼미밖에 안 되드라 안카나. 속았다 싶어서, 판 사람한테 따지러 갈라꼬 벗어둔 삿갓을 집어쓰고 나니, 삿갓 밑에 얼라(아기) 손바닥만한 한 빼미가 숨어 있다가 톡 튀어나오더라 안카나. 그래서 삿갓빼미어른이라고 카는데ㅡ, 아 고런 자린고비가 주막년한테 빠져서 산삼값에 도래를 사 먹었으니, 넘새시러워(남들 부끄러워서) 말도 못하고, 복통절통할 일이제."


어지간한 집은 사랑방의 뒷방이나 웃방을 '작은 사랑방' 이라고 했다. 주로 큰사랑에서 부르시거나 심부름을 시킬 때를 대비하여, 대기상태로 있는 수하<sup>手下</sup>들의 방이었다. 따라서 엄한 조부나 부친과 손님들을 응대하던 엄격한 격식에서 풀려나거나 피할 수 있던 장소였고, 젊은 남정네들이 모여서 큰사랑에 인사를 차리고는 물러나, 쥐나던 책상다리(정좌)도 풀고, 담배도 피우고 자유로이 우시게(농담)도 하며 즐기는 장소이기도 했다. 또한 큰사랑 손님께 내어 갔던 다과상(간식상)을 물리면 그것을 놓고 먹는 재미도 즐기는 곳이기도 했다. 그래서 주고 받는 이야기도 자유롭다 못해 상스럽고 야하기도 했다.

옛날에 뒤(똥구멍)가 째지게 가난한(기름기를 못 먹고 풀포기나 송기 같은 소나무 속껍질로 끼니를 때우느라 통변이 안 되어서, 용변을 보려면 항문살이 찢어졌다고 함) 양반집 청년이 한재산 받기로 하고, 돈많은 쌍것집에 장개(신분제였던 옛날에는 자기 신분보다 낮은 신분과 혼인할 때 이를 하혼下婚이라 했다)를 들게 되었단다. 양반집 신랑으로서는 식솔을 살리느라 울며 겨자 먹기식으로 장가는 들지만, 여간 자존심이 상하지 않았다. 더구나 부자로 살던 쌍것처녀가 째지게 가난한 시집에 와서 거들먹거리면 어쩌나 싶어, 다홍치마 적에 길들인다는 말처럼 초장에 신부의 기를 죽일 궁리를 해 보았으나, 글줄이나 읽었다는 것 외엔 아무것도 내세울 게 없었단다.

그럭저럭 신세한탄이나 하다가, 이왕 못 피할 일이라면 양반 체면이나 보여줘야겠다고 작정했다. 그래서 첫날밤에 글짓기 내기로서 부자신부의 기를 죽이기로 했다. 쌍것 주제에 뭔 글을 배웠을까 싶어서. 초례를 치르고 첫날밤 신방에 든 양반신랑은 잔뜩 양반티를 내느라고

"내가 시 한 수를 지어볼 터이니, 그대는 대구對句를 맞춰 보시오" 라고 하고는

"청포대하 자신노靑袍帶下 紫腎怒요" 라고 했으니, '푸른 도포의 허리띠 아

래 있는 붉은 신(성기)이 잔뜩 화를 내는군요' 라는 뜻이렸다. 그리고는 쌍 것이니 신부가 능히 대구를 받아 내지 못하리라며, 의기양양하게 빙긋이 웃자, 신부는 할긋 신랑을 곁눈질하더니

"홍상고중 백합소紅裳袴中 白蛤笑요" 라지 않는가. 뜻풀인 즉 '붉은 치마 속 고쟁이 속의 하얀 조갑지가 배시시 웃는구료' 라는 의미렸다.

남성은 푸른색과 도포로, 여성은 붉은색과 치마로 대치되는 것과, 붉은(동쪽의 색이자 남성 상징) 신이 성낸다에 대한 대답을, 하얀(서쪽의 색 이자 여성 상징) 조갑지가 웃는다는 대치로 받을 줄 아는 신부였으니, 쌍 것이라고 함부로 업수히 여기지 말라는 의미가 아닌가 말따(말이다).

# 새아가
# 콩죽은 끓을 때 푸그라

시앗을 뜯으러 간다
산 넘어 할퀴러 간다
동산 밭에 메마꽃 같이
시원스레 나앉아 있는 시앗
내 눈에도 저만한 각시
임 눈에야 오죽할까.


시앗은 첩※, 첩세기, 소실, 측실, 곁다리, 촉다리, 아랫집, 작은댁, 숨긴댁, 감춘댁, 화근댁(화근禍根이 된다 하여) 또는 꽃같이 여긴다 하여 화분집, 꽃집이라 칭했고, 요즘은 브렌치, 내연의 처 등으로 불려진다. 첩 소리만 들어도 '돌부처도 돌아 앉는다'는 말처럼, 첩이란 양측 여자 모두에게 한스러운 이름이 아닌가. 그래서 성미 급하거나 투기가 대단한 본댁은, 남편의 숨긴댁 감춘댁을 찾아가 머리끄댕이를 잡아 할퀴고 뜯어내기도 했던 것이다. 이런 노래야말로 이편도 저편도 아닌, 남들이 구경삼아 재미삼아, 우물길에서 만나 노닥거리고 웃어 쌌던 입들에서 불려졌으리.

남편이 '열 첩을 두어도 투기하지 말며……' 는 송시열 선생이 출가하는 따님에게 써 준 〈계녀서戒女書〉에나 있는 말이고, 삼종지도三從之道, 칠출삼불거七出三不去, 오불취五不取 등의 여성모랄을 만들어 남성중심으로 살았던 전통사회에서나 가능했던 것이다. 교육의 덕으로 여성들이 깨이고 다른 나라의 다른 풍속이 들어오면서, 본댁은 소실댁 뜯으러 가기도 했다. 혼자가 아니라 시앗으로 속썩이는 본댁들끼리 힘을 모아서, 더러 방망이나 몽둥이도 가지고 급습하기도 했다고 들었다. 아마도 위의 노래처럼 말이다.

조강지처糟糠之妻란 조악한 곡식의 겨나 재강으로 음식을 지어 먹을 정도로 가난한 때, 별 볼일 없던 총각과 혼인하여 고락을 같이하며 살아온 아내가 아닌가. 그러므로 가난한 때 혼인하여 같이 사는 동안에 형편이 나아졌다면 그 아내가 아껴 살아온 공로이니, 일곱 가지 악을 범한 아내라도 그 아내는 내치지 못했다. 일러 여유삼불거女有三不去 즉 그 아내를 이혼하여 돌려보내지 못한다는 첫째 조건이 아닌가. 불사주고不事舅姑 즉 부모님 잘 못 섬기는 죄, 부정不貞, 무자無子, 악질惡疾, 절도竊盜, 다언多言, 투기妬忌 등의 일곱 가지 악을 범하여 출거出去당해야 마땅한 아내라도, 조강지처이고 부모의 삼년상三年喪을 같이 치렀고, 돌아가 거처할 친정이 없으면 이혼시키지 못한다는 최소한의 여성권익조항의 삼불거가 아니던가.

모든 여자들은 형편이 아무리 가난해도, 시집살이가 아무리 고생스러워도, 남편이 소실 두는 것보다는 견딜 만한 것으로 알고 있지 않았던가. 그러나 투기하지 않는 여자라면 이미 여자가 아니다. 성미가 급하거나 과격할수록 본처들은 시앗으로 마음 고생하는 다른 부인들과 동병상련한다. 초록은 동색이라고, 이들은 연대하고 모의하여 남편과 시어른들이 감춰 둔 감춘댁, 숨긴댁, 소실 집을 찾아내어, 살림을 부수고, 몽둥이 찜질을 하거나, 머리끄댕이를 잡아 뜯거나, 얼굴에다 밭고랑 몇 개쯤을 파 놓고서야 돌아서기도 한다.

물론 소실이 낳은 아이들을 자기 아이로 데려와 키우는 짐을 지고 평생 고생도 해야 하지만, 그 고생을 감내해야만 첩이 떨어져 나가게 된다고 하면서. 물론 '조강지처 버린 눔치고 잘되는 눔 못 봤다'는 말은 남자들도 곧잘 한다. 그래서 한 집안에 본실과 소실을 함께 데리고 사는, 얼굴에 철판 깐 뻔뻔스럽고도 재주 좋은(?) 남자도 있지만……. 모든 여자들 특히 전 시대의 한국여자들이 꿈결에라도 기겁하는(시컵하는, 경기할 정도로 놀라는, 분노하여 기절하게 되는)는 말이 '시앗'이 아니었나.

어느 마을에 푼수, 즉 좀 모자란 어른으로 알려진 분이 있었다. 다들 그 어른이나 그 어른 집 가족들이 없는 데서는 칠삭둥이 또는 칠보라고도 하고, 팔삭이니 또는 팔보라고도 했다. 그 어른의 모자람 때문에, 자녀들도 팔보 아들, 칠보 딸이라고 놀림을 당하면서 자라야 했다. 물론 그 어른의 부인조차도 바질코(겁없고 염치도 없는) 자발없는(버릇없는, 버르장머리 없는) 마을 사람들이나 아이들로부터 놀림을 당하거나, 쑥덕거림과 수군거림의 대상이 되기도 했다. 그러나 친정 조상들과 부친의 얼굴에 먹칠하지 않으려고 팔자려니 하고, 아녀자의 법도를 지켜 자식들 낳아가며 평생을 체면유지 정도로는 살아 냈다.

남편이 푼수이니 자식들한테 희망을 걸고 살았고, "모자란 어른하고 사는 재미사, 뭐니 뭐니 캐도(해도) 첩꼴 안 봐도 되는 재미제. 두 눈알 똑바로 백힌 어느 년이 붙어 줘야 말이제"라는 지각없는 마을 아낙네들의 말처럼, 비록 수모일지라도 돌아서서 생각해보면 모자란 남편하고 사느라 첩 꼬락서니 안 봐도 되는 잇점도 있긴 있지 않나.

이렇게 가족에게조차 피해를 주고, 그러자니 식구들에게도 제대로 된 어른 대접을 못 받고 살아온 그 어른은, 너나 없이 가난하던 시절 낮잠을 자면서도 콩죽 쑤는 냄새가 하도 좋아 깨어날 수밖에 없었다. 대부분의 사람들이 늘 배고프게 살던 때라, 이 어른도 구수한 콩죽 냄새에 더욱 시장기가 동했다. 그러나 남성 공간과 여성 공간이 구별되었던 시대라,

며느리까지 본 시부로서 안채를 기웃거리기도 뭣해서 바깥마당을 어정거리다보니, 설핏 며느리가 장독대로 가는 것이 보였다.

이 어른이 얼른 정지(부엌)로 가서 들여다보니, 마침 무쇠솥에 허이옇고 누르스름한 콩죽이 부글거리며 끓고 있지 않는가. 거의 넘칠 정도로 끓어오르고 있었다. 저렇게 많은 죽을 푸면 온 식구들 다 배불리 먹을 텐데, 하는 생각이 들어서 안마당으로 나오다가 며느리를 보고는 "새아가! 콩죽은 끓을 때 푸그라. 그러면 온 식구가 다 먹어도 남을따(남겠다)"라고 하자, 듣고 섰던 며느리는, 그러겠다는 뜻으로 고개를 숙여 보이고는 정지로 들어가서 웃어댔다. 어른두, 아무리 모자라서도 그렇지. 그릇에 퍼담으면 거품이 갈앉아서 여전히 제 분량밖에 안 되는 줄을 모르시다니. 하기사 저러시니까 다들 모자라신다고들 하지. 저런 어른하고 평생을 참아 사신 시어머니가 새삼 가엾고 대단하시다 싶었다.

어느 겨울 밤에 어른은 너무 추워서 잠이 들 수가 없었다. 부잣집에서는 농사일이 없는 겨울에도 머슴을 내보내지 않고 두어서 땔나무를 해 오게 하여 뜨끈뜨끈하게 지낼 수 있었고, 좀 어려운 집들은 늦가을철 추수를 마치고 머슴 시켜 땔나무를 준비하여 나무가리(나무 쌓은 더미)를 만들어, 볏가리처럼 높이 쌓아 놓고는 머슴을 해고했다. 그래야 겨울철에 머슴이 먹는 식량만큼을 아낄 수가 있었으니까. 그러나 형편이 어려운 자기네는 추수만 마치면 땔나무도 준비하지 않고 머슴을 내보내어 밥

한 그릇이라도 아꼈다. 그러니 겨울밤에 방구들이 냉돌일 수밖에 없지.

　　양반 체면에 지게 지고 산에 나무하러 갈 수 없었다. 그 어른은 남들이 보는 낮을 피하여, 특히 며느리 눈을 피하여 야밤에 한겨울의 미끄러운 산으로 올라갔다. 오며가며 눈여겨보아 둔 소나무 가지에 걸터앉아서 톱질을 시작했다. 한참 후에 나뭇가지가 부러지면서 그 어른은 아래로 떨어져 낙상落傷하고 말았다. 자기가 걸터앉은 가지를 톱질로 잘랐으니까. 그 낙상으로 오래 앓았고, 마침내는 수십 년 고질이 되어 노환과 더불어 죽을 지경에 이르렀다.

　　그 어른은 아무래도 자리를 털고 일어나 앉지 못할 줄을 알고, 유언遺言을 하겠다고 식구들을 불러모았다. 사위와 출가한 딸들도 불렀다. 그러나, 자기 부인을 비롯한 며느리와 딸들은 다 밖으로 내보냈다. 여자는 입이 가벼워서 유언을 듣고 밖으로 흘린다는 이유였다. 하는 수 없이 부인과 며느리와 딸들은 쫓겨나서 문 밖에서 귀를 대고 엿들을 수밖에.

　　장남은 명령한 지필묵紙筆墨으로 유언을 받아 쓸 준비를 하고, 다들 둘러앉아 엄숙한 표정으로 유언을 기다렸다. 아니 평소 모자란 푼수로 소문난 어른이 뭐 그리 대단하게 살아오신 것도 아니고, 재산이 있어 재산분배를 할 형편도 못 되는데, 유언은 무슨 유언이냐고들 생각하면서도, 어른이 하시는 일이니 어쩌랴.

"준비 다 했나?" 누운 채 곁눈질로 둘러보더니, 그 어른은 "첫째, 지가(자기가) 앉은 가지는 짜르지 말그라"라고 유언하시지 않는가. 아들들이야 다 아는 일이지만, 사위로서는 너무나 놀랄 뜻밖의 철학적 유언이었다. 세상을 살다 보면 똑똑일수록 약삭빠르게 사느라고, 자기가 앉은 나뭇가지인 줄도 모르고 제 손으로 잘라 내어 피해를 입는 수가 얼마나 많은가! 그런데 빙장<sup>聘丈</sup>어른의 이런 유언은 이를 두고 하신 경계 말씀이 아닌가? 아니 어째서 모두들 이런 지혜로우신 어른의 깊은 속을 헤아리지 못하고 모자라신다고 했을까? 사위는 처음으로 빙장어른을 존경해마지 않으면서, 이때껏 남의 말만 듣고 제대로 대접해 드리지 못한 듯싶어 후회막급이었다.

"둘째, 콩죽은 끓을 때 푸그라. 그래야 많다." 이번에도 아들들은 시큰둥하게 받아 쓰고 있지만, 이 유언을 들은 사위는 또다시 깜짝 놀랐다. 장인께서는 철학자시구나! 어떻게 이렇게도 비유를 적절히 하실까? 콩죽이 끓을 때라?! 경영하는 일이 한창 잘 되는 때가 아닌가! 그런데 어떻게 하라는 말씀이신지, 구체적으로 어떤 상황에서 어떻게 하라는 말씀이신지 여쭤봐야지. 사람이 살면서 일을 도모할 때도 실기<sup>失期 또는 失機</sup>하여 일을 망치는 경우가 허다하거늘, 빙장어르신의 이 말씀이야말로 실기하지 않도록 하라시는 심오한 의미가 아닌가!

"다 썼니더, 아부지요. 더 하실 말씀은?" 장남이 채근하자,

"아비가 건드린 여자는 건드리지 말그라."

실로 뜻밖의 유언에 다들 아연실색했다. 특히 문 밖에서 엿듣던 부인으로서는, 생시인지? 꿈인지? 잘못 들었나? 귀를 의심할 지경이 아닌가. 며느리도 딸들도 모두가 자기를 바라보며 도무지 믿을 수 없다는 얼굴들이 아닌가?

아니 저 숙맥하고 살 부비며 자식들 낳고 사느라 얼마나 고생했던가. 주제꼴에 첩년까지 두었다? 도대체 어떻게 그럴 수가 있단 말인가? 기가 막힐 때가 너무나 많았지만, 첩 둘 인물도 못 된다는 것 하나만은 복ᄫ이라고 여겼는데, 첩을 두었다? 아비가 건드린 여자는 건드리지 말그라?! 부인은 당장 방으로 뛰어들어가서 누운 남편을 쥐어 뜯어도 성이 차지 않을 판이나, 사위들이 있지 않나. 어디 두고 봐라. 너 죽고 나 죽자고 참자니 기가 찰 노릇이 아닌가.

아들들과 사위들도 놀랐다. 아버지를 모자란 분이라고들 보았던 우리가, 온 마을 일가 친척들과 마을 사람들 모두가 눈에 명태껍질이 씌웠던 게 아닌가? 아버지한테 소실이 있었다? 그렇다면 자식들도 생겼을 게 아닌가? 상속할 재산은 없지만, 초상나면 그들도 불러야 하나 말아야 하

나? 모두들 온갖 상상을 하고 있자니 장남이,

"그 여자가 어디 사는 누군지 알아야제요?"라고 했고, 이어 그 어른
은 "너 어메!"라지 않는가!

다들 너무나 놀란 가슴을 쓸며, 그러면 그렇지! 하는 표정들이었
다. 장남은 기가 막혔지만, 그래도 부친의 체면을 고려하여 아무렇지도
않은 채,

"다 썼니더 다음은요?"라고 하자,

"가짓따"라고 하시고는 돌아눕지 않는가?

참고로 '가짓따'라는 말은 '뿐이다', '더는 없다', '이상무以上無'라
는 의미의 순수 우리말이니, 나머지는 알아서 해석하시압기를.

# 고뿔이 들었는가
## 감환이 드셨니껴

"여름 고뿔은 개도 안 걸린다는데 개만도 못해가지구는."

흔히 여름감기에 걸린 아이들을 두고 어른들이 하는 소리다.

한여름밤 냇가로 나가서 밑물이나 몸물(목욕)을 하거나, 집안의 뒤란이나 우물곁에서 남몰래 등물을 치고 나서, 그대로 마루나 마당의 평상 또는 멍석자리에서 이불도 덮지 않고 잠들었다가, 새벽녘 써늘한 한기<sup>寒氣</sup>로 신열이 오르고 목이 뜨끔거리고 콧물에 기침까지 나는 것을 고뿔, 감기 또는 감환<sup>感患</sup>이라고 했다. 주로 상대방의 나이를 기준하여 이 세 가지 표현을 적절히 골라 썼다. 전시대는 연령이 중요 기준이었던 예법시대였으니까. 어른 중에서도 노인들의 이런 증세는 감환드셨다고 했고, 아이들은 고뿔, 그냥 어른들끼리는 감기 들었다고 했다.

밤마실 온 이웃들과 피감자나 찐 옥수수, 혹은 골부리라는 민물에서 주운 소라 고동 등이 담긴 소쿠리를 밀고 끌어당기면서 웃고 떠들며 나눠 먹는 사이, 주먹만한 밤하늘의 별떼는 객귀*鬼 물리치느라 던지는 식칼이 빗겨가는 듯, 캄캄한 밤하늘에 한 줄기 섬광을 긋는다. 눈깜짝할 순간에 허공에서 어둠 속으로 떨어져 간 데를 모르는 별똥별을 보면서 "내 머리 닷발!" 하고 먼저 소리치는 사람은 머리털이 잘 자라고, 머리채가 관나부인처럼 삼단(대마초 줄기를 묶은 한 단 두 단……만큼)같이 좋아진다고 했다. 긴 머리채를 잘라 팔면 돈이 되던 시절부터 생겨난 속신俗信이었으리라. 그런 머리를 사러 다니던 사람을 '달비장수' 라 했고, 잘라낸 머리채를 달비(요즘의 가발재료) 라고 했다. 머리채를 잘라 달비장사한테 팔아 시부모 제삿상 차린 효부 이야기나, 과거 공부하는 남편 뒷바라지 하느라 머리가 길(자랄)틈도 없이 머리를 잘라 팔아서 생계를 이어간 새하얀 수건 쓴 열녀 이야기가 농경시대의 생활문화에서 자주 등장했다.

별똥별이 떨어진 곳을 눈여겨보아 두었다가, 다음날 낮에 가서 찾아 내어 주워 먹으면 눈이 밝아지고, 총기가 별처럼 초롱초롱 좋아진다고 들었다. 나는 그렇다는 별똥별을 여러 번 주워 먹으며 자랐다. 또래들과 몰려서 마을에서 아주 먼 산속, 주로 산사태가 진 산자락에 바람이 불지 않아도 모래가 저절로 소르르 소르르 흘러내리는 곳을 찾아, 기도하는 마음으로 어린 손바닥으로 가만히 쓸어내리면 까아만 분꽃씨만한 것이 나왔는데, 그것이 별똥별이라고 했다. 지금 생각해 보니, 그것은 어떤 산나무 열매였을 게다 아마도.

> 별똥 떨어진 곳
> 마음에 두었다가
> 다음 날 가 보려고
> 벼르다 벼르다
> 이젠 다 자랐오.

정지용 시인의 〈별똥〉이란 시로 기억된다. 어릴 적의 꿈은 이렇듯 터무니없어서 아름답기 그지없었으리라. 아름다운 거짓말이여, 모든 거짓말이 왜 이처럼 아름다운 꿈일 수가 없을까 지금은⋯⋯. 참으로 아름다워서 서럽기 짝이 없는 거짓말을 써서 많은 이들을 속이고 울리면서 나도 남들도 함께 착해지고 싶다.

한일합방으로 일제 강점기가 시작되면서, '고뺄' 같은 순 우리말이 한자로 대신되었다고 한다. 한자화되지 않으면 지배족인 일본인들이 우리의 지명 같은 순수 우리말이 무슨 뜻인지 알 수도 없고, 발음하기도 어려웠기 때문이라고 했다. 이러한 시대를 거치면서, 순 우리말은 비속어로 전락되고, 한자화된 말이어야 식자들의 언어라는 인식이 깔리게 되었다. 마침내는 영어화시대를 거쳐서, 세계화와 함께 프랑스어화 되어야 지식인 지성인의 냄새 아닌 향기를 풍긴다고 보게 되었으니…….

고뿔도 어느 새 감기로, 유학 다녀온 이들이나 유학 준비하는 이들은 아이브 갓 캐치 콜드. 배드 콜드? 아하, 리얼리 배드 콜드! 라고도 하더라. 골목마다 '김씨 빵집' 시대가 가고, '김씨방(네) 베이커리'로 바뀌더니, 요새는 '빠리 바게뜨', '바게뜨 뺄디에르'에다가 아예 원어로 써서, 나같이 불어를 모르는 사람은 간판을 읽을 수도 없게 되었다.

한참 전이었다. 초등학교 다니는 딸애가

"엄마! 베네똥이 뭐야?" 하고 물었다. 발달심리학을 가르치는 나는 "배냇똥은 엄마 뱃속에서 자라는 아기가 태어나서 처음 몇 번 누는 대변인데 새까만 색이야. 왜냐하면 뱃속에서 양수를 마셔서 그런데, 아기 낳은 엄마의 처음 짜는 멀건 젖 즉 초유를 먹이면 깨끗이 배설되지. 그렇지 않으면 훗날 아기의 장이 안 좋다고 한단다" 라고 친절히 설명해 주었다. 이런 장황한 대답을 다 들은 딸애는

"그걸 왜 간판에 써 놨어? 옷 파는 집이던데?" 라지 않던가. 그때껏 나는 프랑스제 옷의 상표가 베네똥인 줄을 몰랐으니까. 이렇게 농경시대와 그 시대의 문화는 사라져 버렸다.

오오, 다시 고뿔 앓던 농경문화시대로 돌아가고져.

　　우리 조부를 비롯한 남자 어른들은 고뿔의 시대에도 무슨 티를 내느라고(?) 그러셨는지 아이가 앓으면 고뿔이 들었다고 하시고, 어른이 앓으면 감기 아닌 '감환이 드셨니껴? 라고 했다. 특히 연상의 어른들께는 연하자가 반드시 그렇게 표현했으니, 우리말인 고뿔은 아녀자들의 감기요, 동년배 어른들끼리는 고뿔도 감기로 앓았고, 점잖으신 웃어른들의 고뿔은 감기 아닌 감환이었다. 이래서, 그지없이 정겹고 아름답고 절묘한 시어詩語로서의 우리말은, 이렇게 어리고 유치하고 비속한 천대를 받으며 낮아지고 밀려나서 그늘로 뒷전으로 사라지고, 마침내는 없어지고 말 지경까지 와 있지 않았는가?

"고뿔에는 고마 주실 사람 상투가 약발을 받는다드라. 하나 주워다 가 달여 먹어 보그라. 하하하."

어릴 때 고향에서 듣던 우시게소리(우스갯소리)였다. 주실注室 또는 주곡注谷은 조지훈 시인의 고향마을인데, 단발령斷髮令이 내리기도 전에 미리 상투를 잘라 개화開化에 앞섰다. 그래서 상투 안 잘리려고 자진(자살)까지 한 우리 조상들은 이런 우시게말로 개화마을을 비아냥거렸다.

몸과 머리터럭 및 손발톱은 부모로부터 물려받았으니 감히 훼상시 키지 않는 것이 효도의 시작(身體髮膚 受之父母, 不敢毁傷 孝之始也)이라는 효경의 첫 구절을 목숨보다 귀하게 여겨, 단발령에 저항하다가 폭삭 망한 우리 마을은 "고뿔에는 그저 주실 사람 상투가 직방효험"이라고 빈정대 면서, 항일 반일 배일을 곧 반개화로 착각했다. 그렇게 망했으나 딸네들 만은 초등학교조차 못 나와도 판검사 사모님으로 시집갈 수 있었던 것은 오직 조상님들 덕이었으니, 아주 망한 것은 아니었던가?

그나저나 '어느 새, 어정 칠월하고 등등 팔월이 다 가뿌리고, 설렁 구월이 왔구나!

'황소뿔도 물러빠진다는 삼복도 다 지나서' 설렁 구월이 왔다. 덥 다덥다 하면서 어정거리다가 다 간다는 어정 칠월, 더위 때문에 등등거 리다가 다 간다던 등등 팔월이 다 갔다. 오죽이나 더웠으면, 완강히 박힌

황소의 뿔도 물러 저절로 빠질 더위라고 했으랴. 우리 조상들은 은유와 비유의 명수였고, 그래서 모두가 다 시인들이었다.

어느 새 서늘한 바람이 조석으로 설렁거리는 구월이다. 시신詩神이 찾아와 주시기를 기다려, 맞이할 준비를 해 두어야겠다. 가장 소수요 가장 미약한 유대민족을 특별히 자기 백성으로 선택하신 야훼 하느님이, 율법으로 유대민족과 언약한 약속의 책 구약성서시대가 가고, 그 지엄한 율법의 계약을 사랑의 계약으로 바꾼 예수의 행적을 기록한 신약성서에는, 참으로 기막힌 비유의 천재 예수와 제자들의 천국이 언제 오느냐는 문답이 있다.

천국이 임함은 그 때와 시기를 아무도 모른다. 심지어는 아들인 자신조차 모른다. 그러므로 항상 깨어 있으라. 다만 혼인하러 신랑이 오는 것과 같이 홀연히 오리니, 신랑이 언제 도착할런지 항상 신랑 맞을 등불을 준비한 일곱 신부처럼, 등불과 기름(믿음)을 항상 준비해 두라고 했다. 졸다가 신랑의 도착을 알리는 나팔을 불 때, 등불과 기름을 준비한 일곱 처녀는 나아가 맞이하여 혼인잔치에 들어갈 수 있지만, 기름을 준비 못한 일곱 처녀는 불꺼진 등불로서는 신랑을 맞이할 수가 없다고, 다시 사러 갔다가 오면 이미 늦는다는 비유처럼. 언제 어느 순간에 찾아올지 모르는 시의 신을 맞이할 마음준비를 해야겠다.

유대인의 풍속이 담긴 성서의 기독교를 믿는 서구문화에서는 결혼

식도 야밤에 했다. 메시아가 오시기 전인 이 세상은 암흑시대 즉 밤중과 같다는 뜻이란다. 그래서 혼인식을 치르고 밤새 즐겁게 잔치를 즐기고 나면, 밝은 세상인 메시아시대가 온다는 믿음의 표현이라고 한다. 따라서 신과의 새로운 약속의 책(New Testament)인 신약성서의 혼인식 장면과 등불과 기름을 준비한 믿음처녀 이야기는 바로 이런 밤중의 혼인풍속으로 이해되어야 한다.

'설렁 구월!' 안 그래도 방황하고 배회하게 만든다는 방배동 우리마을 골목길을, 또 얼마나 설렁이는 가슴으로 방황하고 배회하게 될거나. 우리 방배동에 사는 몇몇 시인 작가들은 방배동이 우면산 밑에 있는 좋은 지리적 배경으로, 산책하기 좋은 동네라고 한다. 그러나 유독 한 시인만은 산책이 아니라 방황하고 배회하기에 좋은 동네가 바로 방배3동 우면산 밑 동네라고 우긴다. 방황하고 배회하며 사색하기 좋은 구월, 그래서 좋은 글을 쓸 수 있다면 더없이 좋은 것을…….

# 섭섭이 동생은 또섭이
# 뿌뜰이 동생은 또뿌뜰이

하룻밤새 물고기는 만 리를 가고 호랭이는 천 리를 간다고 한다. 전주유씨 수곡<sup>水谷</sup>파는 중시조가 고려조에 완산백<sup>伯</sup>을 지냈다 하니, 아마도 백제인이 아니었을까. 세덕가<sup>世德歌</sup>에 의하면 중시조께서 전주최씨를 배필<sup>配匹</sup> 삼아 완산고을을 다스리셨다고 기록되어 있다.

세덕가는 우리가 국치<sup>國恥</sup>로 부르는 강제적 한일합방 이후, 우리 고유의 문물이 일본화될 것을 염려하여, 안동 지방의 저성<sup>著姓</sup>으로 알려진 몇몇 유림문중들이 가사형식으로 역대조상들과 그 덕업을 칭송하고 기리어, 후손들이 자신의 뿌리인 역대조상을 잊지 않고 본받도록 교육과 훈화에 영향을 미치려 한 노래이다. 문소김씨 세덕가, 전주유씨 세덕가, 진성이씨 세덕가 및 가세영언의 4성씨문중의 4본이 발견되는데, 여타 지방에서는 전혀 발견되지 않는 가사형식의 약식족보라 할 수 있다.

이 세덕가에는 고려조에 전주 완산백을 지내셨다는 중시조와 그분의 부인 전주최씨의 덕업이 기록 칭송되어 있다. 얼마나 오래 전주와 완산에서 살았는지는 알 수 없으나, 들은 얘기에 의하면 호랭이 등을 타고 와서 경북 안동의 칠성봉七星峰의 범바위에 모친 묘소를 마련한 것이, 전주유씨의 400여 년 안동군 임동면 무실, 박실, 한들 즉 삼실에 세거한 이유라고 귀에 딱지가 박이도록 들어왔다.

완산에 살다 돌연 모친상을 당한 어느 조상께서, 모친 산소자리를 찾아 산중을 헤매다가 여산대호如山大虎(덩치가 산처럼 큰 호랑이)를 만났다. 날은 저물어 어두워지는 산중에서 호랑이가 아가리를 떠억 벌린 채 앞길을 가로막아 앉았으니, 틀림없이 잡아먹으려는 것이렸다. 그러나 아무리 윤리를 모르는 짐생이라도 딱한 사정을 말하고 통사정을 해 보아야 할 게 아닌가.

"나는 모친상을 당한 상주로써 전주 완산에 사는 유아모개인데, 자네도 들은 바가 있는지 모르겠네마는, 어머님을 뫼실 산소자리를 찾아다니다가 날이 저물었는데, 자네가 날 잡아먹으면 어머님 장례는 누가 치루노? 그러니 백수의 왕인 자네가 내 사정을 봐주어, 어머니 장례라도 치룬 후에 날 잡아먹을 순 없겠나? 내 사정을 좀 봐주게나, 자네도 모친이 계실 게 아닌가?!"

이렇게 애걸복걸했는데도 호랭이는 길을 비켜주긴커녕 눈물을 뚝뚝 흘리면서 여전히 입을 벌리고 바라보지 않는가. 하도 이상하여 "혹시 자네 입속에 뭣이 걸려 있단 말인가?" 하고 물으니, 범은 고개를 끄덕였다. 그래서 호랭이 입속을 들여다보니, 여인네의 푸른 비취 비녀가 목구멍에 가로질러 있지 않는가. 이 어른은 손을 넣어 그 비녀를 빼내어 주었다. 그러자 호랭이는 제 꼬리로 제 등을 탁탁 치면서, 올라타라는 시늉을 했다. 하는 수 없이 호랭이등을 올라타자, 나는 듯이 달려서 산을 넘고 또 넘기를 수없이 하더니, 마침내 편편한 바위에다 내려놓고는, 다시 꼬리로 바위 옆의 땅바닥을 탁탁 치는 게 아닌가.

"여기다가 어머님을 뫼시란 말이냐?" 하고 묻자 호랭이는 고개를 끄덕였다. 그렇게 하여 안동의 우리 조상 선영인 칠성봉 범바위에다 모친 산소를 뫼시고 나서, 안동으로 이주하였다는 얘기를 아잇적에 들었다.

그러나 우리 입향조入鄕祖인 성威자 어른께서는 세종조엔가 중종조에 사화士禍로 멸문을 당하여, 혼자 피신하여 정처없이 안동의 내 앞 즉 천전川前까지 왔다. 학봉鶴峯선생 후손인 청계공께서 사랑대청에서 내다보니, 한 소년이 매우 지쳐서 마을 앞길을 걷고 있어 불러다가 사연을 물어도 대답을 하지 않자 "행신行身으로 봐선 반가班家의 후사인 게 틀림없는데" 하면서, 따님 정옥貞玉을 주어 혼인시키고는, 동쪽으로 50리를 가면 물이 많아서 무실(水谷)이라는 마을이 길지吉地이니 거기서 300년만 살고 나오라고 했단다.

몸이 허약한 우리 입향조와 혼인한 정옥할머님은 무실에 살림을 차려 3형제를 낳았으나, 남편이 오래 살지 못할 것을 알았다. 어느 날 친정 조부의 병환위독 연락을 받고 친정에 가서, 우연히 사랑방 앞을 지나다가, 어른들이 조부를 뫼실 산소자리 얘기를 엿들었다.

"돌아가시면 숲땅이 가장 좋은 자리인데, 한 가지 흠은, 혹여(혹시) 물이 나는 곳이면 산소로 쓸 수가 없으니, 그보다는 못한 자리에다 뫼실 수밖에 없지."

"그러나 한번 파 보고 나서 물이 고이는지 여부를 알아보고 결정하지. 숲땅만한 명당자리가 없으니까."

이 얘기를 들은 정옥할머님은 이튿날 몰래 숲땅으로 가는 일꾼들의 뒤를 밟아가서, 밤이 새도록 그 무인지경<sup>無人地境</sup> 산중에서 일꾼들이 파 놓은 산소자리에다 홀로 물을 길어다 부었다. 그래서 그 명당자리에 물이 고였던 흔적을 마련했다. 다음날 어른들이 가서 보니, 과연 물이 구덩이 중간까지 차올랐다가 빠진 흔적이 역력했다. 그래서 조부는 다른 곳에 뫼시게 되었다.

몇 년 후에 정옥은 친정 부친께 년전에 조부님을 뫼시려다 못 뫼신 숲땅의 산소자리를 달라고 했다. 부친이 그 자리가 명당이긴 하나 물이 고이는 곳이니 안 좋다고 하자, 그래도 달라고 하여, 맘대로 하라는 허락을 받았다. 얼마 후 남편이 죽자 정옥은 남편을 숲땅의 명당에다 뫼셨다. 그리고는 아들 3

형제를 키워서 친정의 외조부께 글공부를 부탁하고는 남편 3년상을 치르자마자 자진(自盡)하였다. 그래서 그 정절을 기려 큰종택이 있는 무실 앞에 정려각(旌閭閣)을 지어 그 모범을 기렸는데 아직까지 남아 있다.

그 후 어사화(御史花)를 꽂고 말을 타고 띠가 나팔을 불며 등과(登科)한 행렬이 내앞마을을 지나가는데, 물어보면 무실의 입향조 후예인 우리 조상님들이었다고 한다. 더구나 퇴계선생의 학통을 이어온 정제할배 즉 유치명(柳致明)처럼 같은 학문이 도저한 인물까지 나왔다고 하여, '딸년은 모다 도둑년' '시집만 아는 출가외인' 이라는 속언이 통용되기에 이르렀다고 한다.

"이 야기도 차말잇데이."

"그람 범등에 올라타고 칠성봉까지 왔다는 야기도 차말이라믄서? 어느게 더 차말이로?"

"둘 다 차말잇따. 니 어만리 호천리라는 말도 못 들어봤나? 왜 작년에도 칠성봉에 시제(時祭) 지내로 안 갔나. 그러이 차말이제. 내 말이 거짓부렁이믄 썽(姓)을 갈아뿐다고마. 일구이언은 이부지자(二父之子) (아버지가 둘이라는 욕설)라는 말도 있지러. 다 차말잇떼이."

이런 입향전설과 입향조에 얽힌 전설(?)은 문중마다 그럴싸하게 전해진다. 믿거나 말거나 굳이 어느 것이 진실

인지 여부를 따지지 말 것은 모두가 그런대로 재미있고 자긍심을 키워 주는 교육효과마저 크니까.

"누우야, 내가 왜 검제띠기(댁) 꼭뿌뜰이 아이라."

일찍이 출향한 탓에 고향의 것들을 많이 잊어버린다. 어릴 적에 이웃하여 자란 이들을 만나면 그래서 더욱 미안해진다.

"봐라 봐라. 니 내 모를라? 왜 연당띠기 개똥이아제 아이라! 니 생각안 나나? 갑놈이 하고 니 내가 지내가면 개똥이 똥묻었다! 하고 놀리고 했잖나?"

듣다보면 생각이 새롭다.

아들인 줄 알았는데 낳고 보니 딸애라 하여 섭섭하다는 마음에서 섭섭이라고 이름 부른 아이가 있었고, 그 동생은 제발 아들을 낳으라고 빌었는데도 또 딸을 낳았다 하여 또섭이라고 불렀지. 하도 잘 죽어서, 절대로 죽지 않도록 뿌뜰(붙들)었다고 뿌뜰이라고 부르는 아이가 있었는데, 그 이름에 재미를 본 부모들은, 그 동생을 낳자 또뿌뜰이, 그 동생은 다시 꼭뿌뜰이라고도 불렀지. 그래서 "섭섭이 동생은 또섭이, 뿌뜰이 동생은 또뿌뜰이, 또뿌뜰이 동생은 꼭뿌뜰이, 바우동생은 또바우, 또바우 동생은 점바우!"라고 놀려대며 놀았던 기억도 왜 아니 나겠는가. 한 마을에서 뿌뜰이 또뿌뜰이 꼭뿌뜰이라는 이름이 수없이 많아서 아랫마을 뿌뜰

이 · 또뿌뜰이 · 꼭뿌뜰이 · 바우 · 또바우 · 점바우 · 돌이 · 차돌이, 웃
마을 뿌뜰이 · 또뿌뜰이 · 꼭뿌뜰이 · 바우 · 점바우 · 또바우……라고
해야 헷갈리지 않았지.

암소골 뿌뜰이, 뒷골 뿌뜰이, 원두들 뿌뜰이, 검제띠기 꼭뿌뜰이 등
구별하느라고 부모의 택호에다 조부모의 택호까지도 동원하기 일쑤였던
저 원시시대를 살아왔지. 시대 차이에 따라 인간의 소망이나 가치가 다를
수 있고 다르다는 증거는 여러 가지가 있겠지만, 아이의 이름짓기도 그
한 증거가 될 것이다.

고대로부터 상당한 시대에 이르는 동안에는 농경사회답게 농업에
필요한 인력확보를 위해 다산<sup>多産</sup>이 가치로웠으나, 유교 가치가 신봉되던
조선시대부터는 다산의 가치에다 다남<sup>多男</sup>의 가치가 첨가되었으니, 태어
나는 자녀의 이름짓기에 잘 나타났다.

자녀의 이름은 어려서는 아명<sup>兒名</sup>이라는, 막 부르는 이름을 지어 부르
다가, 아들의 경우는 관례<sup>冠禮</sup> 때 처세에 좋은 관명<sup>冠名</sup>을 지어 주었고, 딸은
관명이 필요치 않다 하여 계속 아명을 불렀다.

'아들 낳은 날이 내 남편 되는 날', '아들 못 낳는 년 눈에 눈물 뺄 날
없다', '자식은 잘 키워야 반타작', '대역<sup>大疫</sup>(천연두) 소역<sup>小疫</sup>(홍역) 다 치러
야 내자식' 등의 속언이 통할 정도로 다남가치의 우리의 전통사회에서,
무자<sup>無子</sup>는 여성모랄인 칠출삼불거<sup>七出 三不去</sup>에서 칠출의 이유는 되었음에도,

삼불거의 이유는 되지 못했다. 즉 시부모님을 잘 못 섬기는 것, 아들 못 낳는 것, 부정한 행실, 도둑질, 질투, 몹쓸 질병이나 유전병이 있는 것, 말수가 많은 것 등 여자의 불순한 일곱 가지는 칠거지악이라고 하며, 이에 해당되면 이혼당할 수 있었다. 그러나 삼불거에 해당되면 이혼당하지 않았는데, 여기에 해당되는 것은 결혼 때 가난했으나 결혼 후에 잘 살게 된 아내, 부모의 삼년상을 함께 치른 아내, 돌아갈 친정집이 없는 아내였다. 《동의보감》〈구사求嗣〉장에는 사람의 사는 길이 자식(아들)을 낳는 데서 비롯된다고 했을 정도였다. 따라서 여성은 아들을 낳아 키워 내야만 확고한 지위를 확보할 수 있었으므로, 가히 생존보장 방법이 아들 낳기였다고 해도 무리가 아니었다. 그래서 처녀나 부인이나 각종 아들 임신비방이 교양이었고, 공인된 풍속으로는 매달 귀숙일貴宿日이라는 씨내리기날 특히 아들 임신에 좋다는 날도 있었다. 뿐만 아니라, 여태女胎를 남태男胎로 바꾸는 각종 비방이 의학대전인 《동의보감》뿐 아니라 《규합총서閨閤叢書》 등 여러 의학서에 기록되어 있고, 아들 아닌 딸을 낳았을 때는 남동생을 청하라는 소망을 딸의 이름자에 담아 기원하기도 했다. 아들을 낳았을 경우에도 의학이 발달하지 못하여 영아 사망율이 높았으므로, 장수장명長壽長命을 기원하는 각종 방법이 동원되었으니, 그런 소망을 역시 아명에 담았다.

　　아들의 아명은 몇 가지 특징으로 나타났다. 먼저 매우 천한 이름을 지어 불러서 귀신을 속임으로써 장수장명을 기원하는 비방이었다. 개똥이, 돌이, 간지(강아지), 쏜지(송아지), 똘똘이(돼지) 등으로써, 고종황제도 사가私家에서 자랄 때는 개똥이었다고 한다. 즉 귀신이 더럽다고 안 잡아가도록 위장한 것이다.

다음으로 귀신을 겁주는 아명을 썼다. 즉 바우, 차돌이, 도치(도끼), 또바우, 점바우, 범이(호랑이), 용이(용), 용팔이(용신에게 팔아서), 봉이(산봉우리에 팔아서), 칠성이(북두칠성에 치성 올려서) 등의 막강한 위세로 귀신을 겁주는 아명이었다.

뺑이같이 한자에 없는 글자를 아명으로 하면, 귀신이 몰라서 못 잡아간다고 믿었다. 또 남아의 이름을 여아처럼 지어서 귀신이 상대적으로 덜 귀한 딸로 여겨 안 잡아가도록, 한숙이, 덕순이, 상옥이 등 아예 관명까지 여아이름으로 짓기도 했다.

태몽이나 치성기도에서 본 환영을 반영한 아명으로, 범이, 몽범이, 몽룡이, 몽난(정몽주 아명), 용이, 마당에서 열쇠 줍는 태몽을 꾸었다 하여 마당쇠 등도 있었다.

태어난 사주에다 여러 의도를 복합시켜 만든 갑돌甲乭이, 을석乙石이, 돌석乭石이, 무원戊元이 등의 아명도 있고, 어른들의 강한 의지를 반영하여 잡귀도 포기하게 하는 확실이, 뚜껑이, 뿌뜰이, 꼭뿌뜰이, 또뿌뜰이 등도 있으며, 노비의 경우에는 아예 저놈이, 놈이 등으로 불렀다.

딸의 아명은 먼저 귀신을 속여 장수를 비는 개시(개똥이) · 분녀(똥

분이)·쌍년이·언년이·강생이 등과, 다음에 남동생을 청하라는 소망을 담아 놈세·바래(바리공주)·후자·후남이·후불이 등과, 딸은 그만 낳으라고 딸고만이·말숙이·끝순이·말자·필녀·필숙이·딸맥이, 딸은 양념 정도로 충분하다 하여 양념이 등이 있었다. 또 귀여움의 뜻으로 몽실이·여뻬·구슬이·옥이·방울이·얼라 등이 있고, 신체적 특징으로 점이·순점이·또점이·또순이·쌍거풀이·까풀이·쌍가메 등과, 아들이 아니어서 섭섭이·또섭이·분이·서운이 등이 있었다. 생년월일을 아명에 넣어 오월이·삼월이·갑순이, 부모의 소원으로 낳았다고 복순이·덕순이, 외가에서 태어났다고 외수·외자·외순이, 콩 심다가 낳았다고 콩심이, 외양간 치다가 낳았다고 외양녀, 작은방에서 낳았다고 소방이, 곡식 되다가 낳았다고 두례 등과, 아예 아명조차 없는 막내·셋째, 받드는 아이라고 받년이·저년이 등의 아명도 있었다. 딸의 아명은 사대부집에서는 계례 때 자<sup>字</sup>를 지어 혼인 전까지 부르기도 했지만, 대부분은 관향에다 부인을 붙여 '전주유씨 부인', 또는 부친 함자에다 여식<sup>女息</sup>만 붙여 '~네 여식' 하는 식으로 통했기 때문에 관명이 필요치 않아 아명뿐이었다.

　　의학의 발달, 남녀평등과 여성의 사회 진출 확대로 이제는 이런 아명이 필요 없는 관명시대가 되었다. 그러나 왠지 좀 삭막하다는 느낌이 들 때,

"누우야! 내가 왜 암소골 검제띠기 꼭뿌뜰이시더. 몰래 볼리껴(몰라보겠습니까)?" 이런 반가움에 두 귀가 번쩍 뜨이고 싶다. 오오 그리운 이 촌티여.

# 귀신 씨나락
## 까먹는 소리들

    어느 선비가 길을 가다가 미처 하룻밤을 청할 마을과 집을 찾지 못한 채, 무인지경에서 노숙할 수밖에 다른 도리가 없었다. 선비는 달빛에 문득 무덤 하나를 발견하고 머리끝이 쭈뼛 섰다. 예의 귀신이 생각났기 때문이다. 때맞추어 맹수가 우는 소리마저 들렸다. 선비의 머릿속에는 온갖 생각이 스쳤다.

    밤길을 가다가 사람을 만나게 되면 먼저 찬바람이 느껴지지만, 짐승이 다가오는 때는 더운 바람이 먼저 느껴진다. 그만치 사람은 짐승보다 더 무섭다. 왠고 하니(왜냐하면) 짐승은 배고프지 않으면 절대로 사람을 해치지 않지만, 사람은 배고픔과 상관 없이 이익을 위해서 상대를 해코지(가해행동)할 맘부터 먹기 때문이란다.

'짐승을 구제하면 은혜로 갚음을 하지만, 인간을 구제하면 악으로 갚음한다.'

'산 사람은 무서워도 죽은 사람은 안 무섭다.'

선비의 머릿속에는 살면서 귀동냥으로 들어온 이런 말들이 한꺼번에 종잡을 수 없이 떠올랐다. 그러다 보니, 어느 새 머리 푼 산발귀신이 보일 듯하던 무덤도 지나와 버렸다. 달빛은 괴괴하여, 짐승소리가 들리는 것이 덜 무서워, 차라리 산짐승 소리라도 듣고 싶어졌다. 그러나 글줄이나 읽은 선비가 인간의 도리를 먼저 생각해야 한다는 생각에서, 둘러봐도 울울창창 산속이고 불빛 한 점 반짝이는 인가는 없었다. 인가<sup>人家</sup>가 없으면 인간이 묻힌 곳이 그래도 가장 인가답지 않겠는가. 해가 지면 문전축객<sup>門前</sup><sup>逐客</sup>은 아니하는 게 인지상정인데, 이런 인간의 도리를 알고 실행했던 사람이 묻혔으니 무덤이 그래도 더 미덥지 않으랴 싶어서, 선비는 돌아서서 지나온 무덤으로 길을 잡아 아리까리한(아리송한, 생각이 날듯 말듯 한) 위치를 더듬었다.

한참을 헤매인 끝에 겨우겨우 아까 본 듯한 무덤을 찾을 수 있었다. 마른 수풀이 길길이 자라 덮인 봉분이긴 해도, 무덤임에는 틀림이 없었다. 선비는 괴나리 봇짐을 벗어 옆에 놓고 삿갓도 벗어 봇짐 위에 올려놓았다. 그리고는 무덤의 상석 앞에 서서 옷매무새를 고쳐 바로 하고는 두어 차례 기침을 한 다음, 정중한 어조로 하룻밤을 청했다.

"췬장! 소생은 길 가던 중 날이 저물어, 이래 염치불고하고 하룻밤의 유숙을 청하니더. 비록 생사는 다르다 해도 야심한 시각에 밤길 나그네를 문전축객은 안 하실 줄 알고 말이시더(말입니다)" 하고는 무덤 곁에 봇짐을 베고 누웠다. 초겨울 한기가 일시에 엄습해 절로 온몸이 오그라들어, 새우잠을 청했다.

　'조숙시변수鳥宿池邊樹 한데 승추월하문僧推月下門(새들은 못가 나뭇가지로 깃들어 잠자리를 청하는데, 외로운 중은 달빛 아래서 낯선 집의 대문을 민다)' 이라는 당대 시인 가도賈島의 시구가 떠올랐다. 그래서 선비는 무덤에다 이 시구를 읊어 주고는,

　"췬장도 아시겠지마는서도, 가도는 이 한 귀절의 싯귀를 밤새워 쓰고는 날이 새자, 문득 승추월하문을 승고僧敲월하문으로 고치면 어떨까 하는 생각이 들었다제요. 그래서 고칠까말까를 생각하느라, 정신없이 대문을 나가서 거리를 돌아댕기는데, 이른 아침 경윤京尹의 행차가 지나가는 줄도 모르고 길을 비키지 않고 오로지 추가 나으냐 고가 더 나으냐를 고민하였다제요. 그래서 관리인 경윤의 행차에 불경했다는 죄목으로 잡혀 경윤 앞으로 끌려갔다제요. 가도가 경윤의 행차를 불경한 게 아니라는 사연을 말하자, 듣던 경윤은 자신이 시인 한퇴지韓退之라고 밝히고는 밀 추자보다는 두드릴 고자가 더 낫다 캐서, 후대 사람들이 글을 썼다가 고치는 것을 추고推敲라고 쓰고는 퇴고退敲라고 읽는다 카제요. 달빛을 덮고 자게 되니 갑제

기 이 고사가 안 떠오르꺼어"라고 얘기하다 잠이 들었다. 잠결에 사람의 소리가 들렸는데,

"임자! 임자 혼차 댕겨 오시게. 손님이 와 기시니 내(나는) 같이 갈 수가 없어놔서……"라는 남자의 음성에 이어, 여인의 음성이 들렸다.

"가는 날이 장날이라카더이, 방정맞게도 하필 요런 날 손님이 오셨다노. 아니 그 숱한 날 다 두고 일 년에 한 번뿐인 제사 받아 먹으러 가는 오늘 같은 날에 손이 낄게 뭐로!"

"손님 들으실따마는? 그 무슨 그런 소리를 하시노? 닭 울기 전에 얼른(어서, 빨리) 댕겨 오시게. 그나저나 손님이 추우실 텐데 낭팰세. 눈이라도 오시면 덜 추우실 텐데."

이런 대화를 들으며 잠이 들었는가? 얼마나 지났는지, 또 말소리가 들렸다.

"그래 잘 자시고 오셨지러?! 아아들은 다 무고하고?"

"잘 먹기는 뭘 잘 먹어요. 당최 음식에 성의가 있어야제? 음식이라꼬 구렝이(머리칼)가 몇 마리나 안 들었나, 탕국이라고는 고치가리(제사음식에는 고추가루를 안 쓴다)가 안 섞였나. 월매나 괘씸했던지, 손자녀석이 정지(부엌) 아궁이에 어프러지는 걸 보고도 기양(그냥) 안 와버렸니껴. 불효막심한 것들하고는. 한 해 고작 한 번 채려 주는 젯상을 그렇게 임내(흉내)만 내다니! 채리고서도 다 지들이 먹지 내가 어디 싸가주고 오나? 우리 핑계대고 지들이 잘

처먹는 줄 모르고 그렇게도 성의가 없어가지고."

"무신 소리를 그래 하신다노? 해미(할미, 할머니)답지 못하게시리.
어린 놈 화상입었을따마는, 거 왜 성품이 아적도(아직도) 마찬가지신고?"

"오죽 괘씸했으면 그래했을라꼬……."

"화상에는 날감자쪽이나 된장뎅이를 붙이면 흉자리도 안 생기고 고
대(금방, 금세) 아무는데……."

꿈속에선지 생시인지, 이런 대화를 들었다.

날이 새고 일어나 보니 눈이 보오얗게
(하아얗게) 내려 선비의 이불이 되어 주었음
을 알았다. 선비가 떠날 차비를 차리고는
무덤 앞에 서서 보니, 무덤의 봉분은 합장
으로 대단히 컸다. 보아하니 영락없는
(틀림없는) 부부합장 무덤이었다.

"간밤에는 염치없이 찾아들어 참말
로 죄송했니더. 덕분에 잘 자고 가니더만 제사
잡수러도 못 가시게 했으이. 지가 가까운 말
(마을)로 가서 간밤에 제사 든 댁을 찾아 손주
의 화상 치료법을 일러주겠사오니, 너무
심려 마시소오"라고 했다.

그 길로 선비는 가장 가까운 마을을 찾아 간밤에 제사든 집이자 아이가 화상입은 집을 찾아서 무덤 곁에서 자며 들은 부부의 대화를 일러주었다. 그래서 자녀들은 제사차림에 정성을 다하고 아이의 화상도 쉽게 치료했단다.

　　효경孝經에서 공자는 부모의 사후 3년상을 이렇게 설명했다. 우리가 태어나 3년은 부모의 품에서 자라야만 한다. 그러므로 부모도 사후 3년까지는 돌봐드리는 것이 자식의 도리라고. 또한 부모 사후 3년까지는 부모가 하던 대로 두어서 바꾸지 않는 것이 효孝라고.

　　요즘처럼 49일 탈상에다, 부모 사후 즉시 부모가 하던 일을 자기식으로 바꾸는 시대에는 이해하기 힘든 논리이다. 게다가 어떤 이유로인지는 몰라도 사람이 죽으면 즉각 그 영혼이 지붕 위 혼불로 승천해 버리는 것이 아니라, 적어도 120년은 한 가족으로 계속 머문다고들 했다. 그래서 4대代 봉제사奉祭祀의 근거라고 들었다. 즉 4대쯤 되면 거의 120년은 된다는 것이다. 다시 말해서 죽은 조상의 영혼은 120년에 걸쳐서 조금씩 떠난다. 그러므로 120년까지는 가족으로 포함된다는 의미이다.

　　유학시절 도서관의 작은 방에서 학위논문 준비를 하다가, 머리를 식힐 겸 나와서 엉뚱한 글을 어느 외국 잡지에서 읽었는데, 혈연관계에 대한 실험이었다. 즉 거북이 모자를 어미 거북은 지상에 두고 새끼 거북은 수만 마일 해저에서 약속된 시간에 죽이면서, 어미 거북의 반응을 관찰한 것이었다. 새끼 거북을 해저에서 죽이는 그 시간에, 어미 거북은 안절부절 거품을 뿜어내고 먹이도 거부하며 전신적인 발작을 일으키다 지쳐서 쓰러졌다는 내용이었다. 따라서 거북이 모자의 이런 관계를 불가사의로 규정하면서, 혈연관계가 가까울수록 동일한 주파수의 뇌파 작용과 알 수 없는 동일한 무엇들이 상통相通한다는 것을 알아냈다고 했다. 이 글은 모자간母子間보다 사촌간四寸間의 거북의 관계는 조금 덜한 발작을 일으킬 것이라는 가설假說까지 제시했다.

거북이 같은 파충류가 아닌 영장류인 인간에게서 혈연의 농도는 어떤 불가사의한 현상을 나타낼까? 더구나 유명을 달리한 생生과 사死의 처지에서는 어떠할까? 제삿날 밤에 듣는 산 자와 죽은 자의 관계맺음에 대한 이야기의 무궁무진한 재미와 상상이여.

가난했다가 재산을 모으면 제일 먼저 부모 조상의 산소부터 치장하는 것이 우리의 속성인가. 풍수설이 정녕 옳은지 무조건 맹신하는지, 요즘처럼 개발 때문에 산세지형이 가변적인 시대에도 풍수설은 아직도 상당한 호응을 받는가.

귀동냥으로 눈대중으로 대강 명당이란, 어머니가 아기를 안고 있는 형상의 자리라고들 한다. 그 앞과 배경이 북현무 남주작이면 더욱 명당으로 자손이 잘된다고 들었다. 죽은 이의 영혼과 육신을 편안히 한다는 생각은 '사후 만반진수는 불여$^{不如}$ 생전 쓴 술 한잔' 이라고 우리 판소리 '사철가' 에 있는데도 말이다.

삼합이란 죽은 이와, 그 자손이 생전에 적덕선행$^{積德善行}$을 얼마나 하였는가로 그 자격 여부를 따진다고 한다. 즉, 죽은 이는 명당에 묻힐 만한 자격을 갖추었느냐, 그 자손들은 복$^{福}$을 받을 자격이 있는가에 따라서 명당을 찾는 풍수의 눈에 명당이 보이기도 안 보이기도 한다는 것이다. 게다가 풍수도 명당값을 먼저 따지는 것이 아니라, 진정코 명당을 찾아 죽은 이를 편안하게 하고, 자손들이 잘되기를 바라는 마음일 때라야 진정한 명당이 판별될 수 있다는 것이 삼합이라고들 한다. 죽은 자가 명당에 묻힐 자격이 없거나 자손이 명당자손에 부적합하면, 풍수가 아무리 좋은 명당을 골라 주었어도 발복은커녕 도리어 화를 당하게 된다는 것이다. 게다가 풍수가 흑심을 품으면 명당은 절대로 그의 눈에 명당임을 나타내지 않는다는 것이다.

'삼대적덕을 해야 남향집에 동향대문 달고 산다.'

'적선하는 집이 망하는 일 없고 악덕 쌓는 자손 잘되는 법 없다.'

'명당 찾기 전에 선행부터 찾아 해라.'

'주는 손은 주고 살고 받는 손은 동냥한다.' 등등 수많은 금언이 속언으로 남아 있는 우리 민속은 잊혀지고 없어지고 말았는가.

금년 겨울 폭설에도 서울에서는 누구도 자기 집 앞 눈을 쓸지 않았다. 그래서 신작로 한길은 녹았어도, 골목길은 어저녹저(얼었다 녹았다)를 되풀이하느라 발을 붙일 수 없이 미끄럽게 다져지고 얼어붙어, 낙상을 입은 이들이 많았다고 한다. 불과 3~40년 전만 해도 아침에 제일 먼저 하는 일이 자기 집 대문 앞길을 쓰는 일이었다. 눈이 올 때는 더욱 그러했다. 늦게 일어나는 집 앞은 이웃들이 쓸어 주어서, 그 부끄러움 때문에 다음날은 더 일찍 일어나서 옆집 앞을 쓸어 주어 갚음을 하곤 했다.

　　복이 새벽에 복 줄 집을 찾아다니다가, 대문 앞길이 깨끗이 쓸어진 부지런한 집을 찾아 들어가기 때문에, 서로 일찍 일어나서 대문 앞길을 쓸어 두고 대문을 활짝 열어 두었다. 작은 선행을 위해서 이웃집 앞길도 쓸어 주곤 했다.

　　미국의 경우는 자기 집 앞길의 눈을 쓸지 않아서 다니는 사람이나 자동차가 미끄러져 사고를 당하면, 그 집주인을 고소한다. 그래서 피해를 보상해 주어야 하기 때문에 자기 집 앞길만이 아니라 주변의 도로까지 쓸어야 하는 의무를 다한다고 한다. 뿐만 아니라 자기 집 앞의 잔디나 나무를 깎거나 다듬지 않아서 지나다니는 이들을 불쾌하게 해도 고소를 당한다고 들었다. 자기 집 수영장에 이웃아이나 정신이상자가 빠지거나 다쳐도 고소를 당해 배상해야 한다고 한다. 이처럼 만약의 경우에 타인에게 피해되지 않도록 배려하는 것도 적선과 적덕이 아닐까. 이렇게 좋은 양키

문화는 왜 수입되지 않고, 저질만 들어와 판을 치며 우리 고유의 미풍양속마저 말살해 버릴까? 불우이웃돕기 성금도 좋지만, 항시 약자나 타인을 염려하는 배려가 쌓여, 죽으면 명당에 묻힐 자격자가 되고, 명당도 발복하여 자손이 잘 될게 아닌가. 귀신 씨나락 까먹는 소린가?

# 싱숭생숭 가을남자
## 바람벽이나 치고 가고

　　"가실총각 싱숭생숭 바람벽 치고 간다"는 옛말대로 가을은 남성의 계절이다. 가을이 되면 총각이 아니라도 모름지기 모든 사내들은 아이부터 할배까지 괜히 마음이 싱숭생숭 가슴이 터엉 비는가. 그래서 가슬, 가실, 가을, 가심, 가슴으로 동류가 되었을까. 적수공권(赤手空拳)뿐인, 빈손 맨발이 억울하고 서러워져서, 죄 없는 바람벽이라도 주먹으로 치고 지나가거나 발길질로 걷어차지 않고서는 못 배기는 계절인가. 그토록 가슴속이 '들판의 빈 집'이 되는가?.

　　봄이 눈(目)과 여자의 철이라면, 가실은 분명 가슴과 남자의 계절이라서, 가을걷이를 끝내고서도 이런 싱숭생숭함은 노름방 화투짝 뒤집기로 이어지거나, 주막집 짱딸막한 주모네 치마꼬리로 이어지기도 했는가.

칠건달 팔난봉이 아니어도 발병이 도져서 어딘가로 훌쩍 길 떠나 나그네로 떠돌기도 했을까. 농경시대에는 늦가을 추수 이후부터 긴긴 삼동三冬을 놀리는 손발을 간수할 바를 몰랐다. 불노랭이(아랫물건) 떨어진다는 정지칸(부엌)에도 기웃거리면서 늙은 아내를 지분거리기도 하고, 다 된 밥솥에 덧불 때서 아까운 밥 누룽갱이(누룽지, 누룬밥) 태우기도 했다.

"백죄(괜스레, 쓸데없이) 다 된 밥 태우지 말고, 나가서 칭칭이를 부르든가 아니면 호리뺑뺑이나 돌든가 할 일이제 어이?!"

아내가 남편을 야단치는 말이었다. 칭칭이는 "쾌지나 칭칭 나아네"를 말하는 것이고, 호리뺑뺑이는 늦가을 동제洞祭를 지낼 때 긴 상모꼬리를 돌리는 모습을 묘사한 표현이다. 그러니, 이런 대화는 여염집 아낙과 남정네의 대화라기보다는 머슴사는 서방과 정지년인 아낙 간의 입씨름이라 해야 옳을 것이다. 남의 집에 더부살이하며 식구食口들 호구지책을 해결하느라, 서방은 머슴살고 안것은 담살이(식모)살며 새끼들꺼정 주인댁 허드레 잔심부름을 해 주는, 이른바 온가족 남의 집살이로써, 주로 아랫채나 문간채에 한 칸을 얻어 콩볶듯이 아옹다옹 사는 이들이었다.

그래서 저절로 다정한 가족이 될 수밖에 없다. 동지 섣달 긴긴 밤에 아몰가몰거리는 호롱불 등잔 하나 얹어 놓고, 아비는 짚신이나 삼고, 여편네는 옷이나 깁고, 새끼들은 새끼줄이나 꼬면서, 도깨비나 귀신 이야기, 동네를 떠도는 소문들을 주워들은 대로 씹고 되씹고 빨고 깨물어 뜯

으면서 깔깔 껄껄대는 소박하고 다복스런 모습이기도 하다. 이때도 아이들이 새끼를 다 꼰았다고 하면,

"어디 소리나 한번 불러 보그라"

"호리뺑뺑이나 한번 돌아 보그라"고 큰아이에겐 노래를, 작은아이한테는 춤이나 주문한다.

"쾌지나 칭칭 나아네"를 부르고, 목고개 재빠른 고갯짓으로 호리뺑뺑이를 돌리는 춤은 늦가을 동제에서 해마다 보고 듣고 배운다.

본래는 임진왜란 정유재란 때, 왜군의 점령지에서는 봉홧불도 못 피워서 한양까지 전란을 알릴 방책이 없어서, 아이들과 여인네들이 춤을 추면서 노래로 불렀던 '왜장 청정(倭將 淸正) 들어왔네'가, 세월과 함께 '쾌지나 칭칭 나아네'로 변했다고 한다. 전라도 전역에서는 '강강 수월래(强羌 水越來)' 즉 '강한 왜장 강이 물을 건너왔네'라는 노래와 춤의 형식을 빌어, 한양 조정에 왜군의 침입을 알렸던 것이라 한다. 이동주 시인의 저 유명한 "강강수월래'라는 시는 다시 태어난 것이기도 하다.

단풍지는 가을산에서 도토리를 주워오는 이들이 있다. 꿀밤이라고 하면 굳이 도토리라고 우긴다. 그러나 아잇적 나는 꿀밤 줍는다고 했다. 도토리냐 꿀밤이냐는 숙종임금과 연결된다. 조선왕조의 19대 임금 숙종은 장희빈이나 인현왕후 일을 처리한 것을 보면 대단히 충동적

인 성격이었다고 하겠으나, 처음에는 매우 사려 깊은 임금이었다고 한다. 밤중에는 미복 차림으로 백성의 사는 실태를 실사하려고 미행(암행)도 자주 다녔다.

하루는 숙종이 경기도 어느 산골 외딴집에서 밤을 보내게 되었다. 하도 시장하여 저녁으로 내온 새까만 것을 먹어 보니, 꿀맛이었다. 하도 맛이 좋아서 무엇으로 만들었느냐고 물으니 밤 같으나 밤은 아닌 나무열매로 삶아서 만들었다고 하자,

"꿀밤이구나"라고 했단다. 그 이후 상수리나무의 열매는 밤처럼 생겼는데 꿀맛을 낸다 하여, 꿀밤이란 이름으로 아직도 이 이야기와 함께 경상도에서 사용되고 있고, 어른들이 아이들 머리를 쥐어박는 것도 꿀밤 먹여 주는 것이라고 한다.

왕은 이렇게 맛있는 음식을 궁중에서 다시 먹어 보고 싶어서 오두막집 주인한테, 후에 이것을 만들어 가지고 한양에서 제일 큰 집을 찾아 와서 다시 먹게 해 달라고 당부했다.

어느 날 숙종이 궐내를 산책하다가 누군가 문지기와 옥신각신하는 소리를 듣고 가 보니, 수일 전 바로 산골 오두막집 영감탱이가 시꺼멓게 때묻은 보자기를 들고 이 댁 주인 양반을 만나서 보따리를 전해야 한다지 않는가. 왕이 영감을 안으로 데리고 들어가서 꿀밤보따리를 풀어서 먹어 보니, 떫기만 하고 아무 맛도 없었다. 그래서 도로(다시) 떫다고 하

여 도터리 즉 도토리라고 했다고 전해진다. 그러나 숙종의 도토리라는 개명改名은 교통이 불편했던 당시로선 경상도까지 전해지지 못해서, 아직도 경상도에서는 꿀밤이라고 하고, 서울 경기도에서는 표준말인 도토리가 되었단다.

숙종의 미행에 얽힌 얘기는 또 있다.

어느 밤인가 아주 허름한 요즘의 달동네 같은 데를 지나면서, 숙종은 이런 거지움막에 사는 백성들은 피눈물을 흘릴 것으로 생각했다. 그런데 늘늘이 기와집 동네를 지나면서도 듣지 못했던 웃음소리가 하도 맑고 밝아서, 어느 움막집 문을 열고 들여다 보았다.

이 꼴로 살면서 뭐가 행복해서 그렇게도 밝게 웃느냐 싶어서, 문을 열고 물 한 그릇을 청해 마시면서 보니, 할아비는 새끼를 꼬고, 아비는 짚신을 삼고, 손주새끼들은 짚을 고르고, 할미는 빨래를 밟고, 에미는 옷을 기우면서도 얼굴이 얼마나 밝고 맑은지, 근심 걱정은 그늘도 스친 적이 없었던 듯 하더란다. 떠다 주는 물대접을 받아 마시며 보니, 대접은 온통 이가 다 빠지고 굵고 잔 금에 때까지 쩔어서 거미줄 같았다. 그래서 왕이 묻기를

"보아하니 사는 형편이 말이 아닌 듯한데, 뭐가 그리 좋아서 웃어대시오?" 하자,

"이렇게 살아도 빚도 갚아가며 저축도 할 수 있으니 이 아니 좋소.

그래서 저절로 웃음이 자꾸만 나지요"라고 대답하지 않는가.

그날 밤 대궐로 돌아온 왕은 자리에 누워서도 궁금증이 풀리질 않았다. 고래등 같은 기와집에서는 웃음소리는커녕 쥐 죽은 듯 고요했는데, 금방 쓰러질 듯한 걸뱅이움막에서 연신 웃음소리가 들리곤 하다니, 이것들이 어디 감춰 둔 재물이라도 있다는 말인가? 저축도 하고 빚도 갚아가며 살 수 있다니?

다음날 왕은 내시를 시켜 어젯밤 바로 그 집을 뒷조사했다. 그러나 감춰둔 아무것도 없어, 그 집으로 가서 무슨 재간으로 빚도 갚고 저축도 하느냐고 물었다. 주인은 웃으며, 부모님 봉양하니 빚 갚는 것이고, 자기들 노후를 의지할 아이들 키우니 저축이 아니냐고, 그러니 이보다 더 좋을 수가 없으니, 저절로 웃음이 자꾸 웃어진다고 하면서 짚단을 추리는 아이들을 보고, 소리나 한 곡 뽑아 보라고 하더란다.

소리나 뽑아 보그라, 춤이나 춰 보그라, 잠이나 자그라, 물이나 한 사발 떠 오그라 마시고 고마 잠이나 잘라칸다 내사(나는), 목간이나 하러 가자, 밥이나 먹자, 물어나 보자, …… 등등의 '나' 자가 들어가면, 안 해도 될 것을 어디 싱숭생숭한 마음의 충동질로, 심심풀이로 해 보는 행동이 된다고나 할까? 물어나 볼까, 말이나 걸어 보자…… 등의 '나' 자 하나를 끼워넣음으로서 묘한 여유를 나타낸다고도 할 수 있을까?

우리말은 3 · 4조처럼, 역전앞, 동구밖, 점방네 등의 3자 표현을 즐겨 사용했다. 한국전쟁(6 · 25) 직후 유행한 '굳세어라 금순아'에서도 '일사(1.4후퇴)이후 나 홀로 왔다'를 신명나게 부르자면, '일 사 나 이후 나 혼차(혼자) 왔데이'가 되기도 했다. '얼싸안고 춤도 쳐 보자'를 '얼싸나 안고 춤도나 쳐 보자'로 해도 마찬가지일게다.

비슷한 표현법으로 '를' 또는 '을'이라는 목적격 토씨를, 최현배식 한글문법의 움직씨 즉 동사 뒤에다 덧붙이는 어법이 즐겨 사용되어, 흥겨움을 한층 더해 주는 표현이 되기도 했다. 예를 들면 '물어를 볼거나', '불러를 봤다', '울어를 봤다', '변치를 말자', '돌아를 서거라' 등이다.

맛 봐라, 먹어 봐라, 가 봐라, 입어 봐라, 신어 보자, 들어 보자, 앉아 봐라, 서 봐라, 매달려 봐라, 들어가 봐라, 나와 봐라, 돌아서 봐라, 걸어 봐라……등등에다 심지어는 '눈 떠 봐라', '눈 감아 봐라'고도 하여, 눈을 감고서도 보고 눈을 뜨고서도 또 봐야 한다는 곶감 겹문자식도 역전앞처럼 쓰인다.

시각視覺은 인간의 다섯 감각 중 87%를 차지한다고 밝혀졌음을 우리 조상들은 일찍부터 다 알아버렸을까? 청각과 미각 촉각 후각을 다 못 믿어 하여 들어 본다, 맛 본다, 만져 본다, 심지어 냄새도 맡아 본다고 했을까? 영어에서도 'Seeing is believing'이라 하여 눈으로 보는 것이 곧 믿는 것이라고 했고, 예수의 12 제자 중 도마는 예수의 부활을 믿지 못하여,

제눈으로 보고 옆구리의 창자국을 제손으로 만져 보기 전에는 믿지 못하겠다고 했다가, 홀연히 나타난 스승이 손으로 내 옆구리의 창자국을 만져 보라고 하자, 경솔했음을 후회했고, 스승 예수도 '보고 믿는자' 보다 '보지 않고서도 믿는 자' 가 더 복되다고 했단다.

단풍丹楓이 한창이다. 봄은 남녘에서 북으로 올라가고 가을은 북녘에서 남으로 내려온다. 말이 단풍이지, 붉은색만은 아니다.

발그레, 샛빨갛게, 볼또그레, 붉으스레, 볼그족족, 불그죽죽, 노랗게 노리탱탱, 샛노랗게, 싯누렇게, 누리끼리, 누르스름, 누르팅팅, 뇌오랗게, 노르탱탱, 하얗게, 새하얗게, 뽀얗게, 허이옇게, 희허옇게, 희끄므레, 희멀겋게, 희스므레, 파랗게, 푸르스름, 푸르죽죽, 푸르딩딩, 거므스름, 거무죽죽, 시꺼멓게, 까므스름, 까맣게, 새까맣게, 까망, 가므스름, 거므티티……등등의 온갖 빛깔이 다 섞여 있다. 여름철은 여학생시절처럼 운명 이전의 계절 같았다면, 가을은 졸업 후 제각기 사노라 이렇듯 다채로운 운명의 빛깔로 모습지게 되는 듯도 하다. 이 모든 다채로운 빛깔들이 잘도 어울려 화이부동和而不同의 조화를 이룬다. 칠건달 팔난봉이 아닌 나도 홀연 길을 떠나 종적을 감춰버리고도 싶다.

공자와 그 제자들의 어록인 논어論語 자로子路 편에, 군자는 화이부동 즉 화합하되 같아지진 않으나, 소인은 동이불화同而不和 즉 같아지면서도 화합하지 않는다고 하였으니, 가을은 군자의 계절이요 소인배의 계절은 아닌 듯하다. 여름은 제각각의 잎새들이 나무의 종류나 생김새가 어떠하든 간에 초록 한 빛깔로 동이불화였다면, 가을에는 제 본색과 특징대로, 살아온 삶이 어떠했든 같진 않음에도 잘도 어우러져 이른바 단풍으로 조화를 이루는 듯.

학생들과 논어를 읽으면서, 서양인이 번역한 논어를 본 적이 있다. 영문 서문에 'Confucius & his Sons'의 대화 내용이라고 번역되어 있었다. 중국이 아닌 옛 중공시절에는 문호가 닫혔던 까닭으로 미국에서 유학 儒學을 공부하고 귀국한 어느 박사님이 영역된 논어를 우리말로 번역하였는데, 서문에 '공자와 그의 아들들의 대화 내용'으로 국역한 웃지 못할 오역 또는 반역이 있었다.

그래서 번역은 사전식의 글자 대 글자의 번역이 아니라, 문화와 시대배경을 이해한 재창작이어야 함을 거듭 확인한 셈이다. 서양의 번역자는 동양 즉 중국문화권의 각국은 '군사부일체君師父一體'임을 잘 알았다. 그래서 공자와 그의 제자들은 마치 공자를 사부師父로 한 자식子息들과 마찬가지였음을 알고 his Sons로 번역했으니, 번역자의 공부가 얼마나 놀라웠나를 알 수 있다. 더구나 그리스어나 라틴어의 성서聖書에서 예수와 그의 제자들은 Jejus & his disciples로 영역하면서도 말이다. 서양문화권에서는 제자는 자식이 아닌 단지 제자弟子였다. 그러나 한국 등 한자문화권에서는 제자도 자식이었음을 영역자는 지금의 우리보다 더 잘 알고 있었던 것이다.

성서도 그저 Holy Bible이라고 하지만, 신약성서는 New Testament, 구약성서는 Old Testament 라고 번역했다. 약속 즉 언약言約의 Testament라고 한 것은, 신神과 유대민족 간의 약속 내용이 곧 성경임을 깊이 이해한 때문이고, 따라서 우리말로 옮기면서도 약속 즉 언약의 의미를 담은 구약(舊約, Old Testament), 신약(新約, New Testament)으로 번역한 것이다. 구약의 내용은 모세가 시내산에서 받은 십계명十誡命을 중심으로 한 약속이 그 주제이고, 신약은 예수의 오심으로 이웃을 내몸같이라는 사랑이 그 중심 주제이다. 이러한 신과의 언약을 지킴이 기독교의 핵심 주제이므로 따라서 번역도 그런 의미와 내용 중심의 번역이었다. 번역飜譯이 오역誤譯 이상의 반역叛逆이 되기 쉬운 분야가 곧 시詩가 아닐까? 과연 시란 것이 번역될 수 있기나 할까?

# 흉몽이 길몽이라 카드라마는

'용꿈 꿨지러?! 승진할 걸 그래'

'장원 급제 하그러 용꿈 꾸시게나'

'떡두꺼비 같은 아들 낳그러 범꿈 꾸게'

'꿀돼지꿈 꾸고 부자 되라꼬들'

'간밤에 무신(무슨, 어떤, 뭔) 꿈 꿨능고?'

만나면 새해 덕담으로 주고받는 말이다. 새해라 해서 특별할 리가 없지만, 해가 바뀌었다는 것만으로도 마음이 한결 달라져서, 모든 이들이 멋진 새해가 되기를 소망한다. 덕담德談이라는 말 한마디 만으로도 관심과 배려를 전하며 사는 인정스러움을 새해 첫 날, 새해 첫 달만큼이나 실감 하는 때도 없으리.

"몽란유조夢蘭有兆에 몽비망夢非妄(꿈은 망령된 것이 아니다)이라 안 카나. 좋은 꿈 꿨지러? 소원성취하시게."

좋은 꿈은 남에게 얘기하지 않는다고 한다. 얘기하면 좋은 꿈의 효험이 반감된다는 말도 있다.

몽란유조란 말은 태몽의 유래에서 나왔다고 한다. 중국의 《좌시左侍》에 등장하는 정문공鄭文公의 첩 연길燕吉이 선녀로부터 난초를 얻는 꿈을 꾸고, 목공穆公 같은 훌륭한 인물을 낳았다는 고사에서 온 것이라 한다. 이 고사에서 몽란유조, 즉 난초를 얻는 꿈은 좋은 징조라는 뜻이다.

고려 말의 충신인 정몽주의 모친 이씨도 태몽으로 난초를 얻는 꿈을 꾸고 정몽주를 낳아서, 정몽주를 몽란夢蘭이라고 불렀다고 한다. 정몽주가 아이적에 이씨 부인이 잠깐 낮잠이 들었는데, 마당 앞 배나무에 검은 용이 감겨 있는 꿈을 꾸고 깨어 나가 보니, 아들 몽란이 배나무에 올라가 있더란다. 그 꿈 이후에 아들을 몽란이라 하지 않고 몽룡夢龍이라고 불렀다고도 전해진다.

난초꿈은 존귀한 인물이 될 사람의 태몽이나 승진 등, 출세를 예언하는 예언력을 지닌 꿈이라고도 한다. 그래서 길몽吉夢 중의 길몽이므로, 남성만이 출세하던 전 시대에는 모두가 남자 아기의 태몽으로 해석했고, 또한 남성 가족의 승진이나 합격을 예언한다고 해몽했다.

흔히 꿈은 좋은 의미를 예언한다고 해석하는 길몽과 나쁜 일의 예시로 보는 흉몽凶夢 또는 악몽惡夢, 그리고 도무지 어지러워서 해석이 어려운 꿈은 개꿈이라고 했다. 가위눌려 소리치고 버둥거리다가 식은땀을 흘리며 깨어난 아이들이 악몽을 꾸었다 싶을 때 개꿈이라고 하여, 전부 잊어버리도록 했다.

"얼라(아이들, 어린이) 꿈은 마카(모두, 전부, 다) 개꿈이제"

"뭐로(무엇이라)? 개꿈 꾼 거 가지고 뭘 그러노!?"

'새벽 꿈은 남의 꿈'이라고도 하여, 새벽녘에 별로 좋지 못한 꿈을 그렇게 던져 버리기도 한다. 개꿈은 주로 봄밤에 꾼 꿈을 이르기도 한다. 봄밤에는 이웃집 뒷간의 울타리가지조차 꿈에 뵌다고 하여, 별것도 다 꿈

에 나타난다고 잊으라는 의미로 하는 말이기도 하다.

섣달 그믐날 밤이나 정초(正初)에 똥꿈을 꾸면 돈이나 재산이 생길 것으로 풀이했다. 돈이나 재산은 본질상 더러운 것이라 하여, 선조들은 돈을 집을 때는 왼손으로 집고, 너무 큰 돈일 때는 오른손보다는 왼손을 먼저 돈에 닿게 한 다음에, 오른손의 협조를 얻게 했다. 돈과 마찬가지로 요강이나 가래침을 뱉어 모은 타구를 집을 때도 반드시 왼손을 먼저 사용했으니, 모두가 본질상 더러운 것으로 인식했기 때문이다. 똥꿈을 돈 생길 길몽으로 해석하는 것도 바로 이러한 관계에서 비롯되었다고도 풀이할 수 있다. 마찬가지로 돼지도 지저분한 가축으로 생각하여, 돼지꿈은 돈 생길 길몽이라 했으니, 돼지꿈을 꾸면 아직도 복권을 사는 이들이 많다.

불(火)꿈은 합격을 예언하는 길몽으로 해석되었다. 또는 재산이 생길 꿈으로도 풀이되고 있다. 얼마 전까지만 해도 새로 이사간 집이 집들이를 하면, 양초나 성냥 등 불과 가까운 물품을 사 가지고 방문하여 '재산이 불같이 일어나라' 는 덕담을 하곤 했다. 화재를 입은 집으로 이사를 가면 부자가 된다는 속신(俗信)도 마찬가지로 해석될 수 있을 것이다.

그러나 아기와 관련된 꿈은 감기 몸살이나 발병의 징조로 풀이했다. 아기가 어른들의 고단한 짐이 된다는 점에서 그렇게 해석되지 않았을까? 뿐만 아니라, 꿈에 음식을 먹어도 병이 날 징조로 해석했는데, 확실한 근거 없이 꿈이라는 허구 또는 비현실의 세계에서 먹는다는 것은 현실세계에서 주리고 시장한 사람의 짓으로 연결시킨 것이 아닌가 한다.

돌아가신 부모님이나 조상이 꿈에 나타나면 안 좋은 일이 생길 수 있으니 조심하라는 경고로 풀이되었다. 죽은 저 세상에서도 살아 있는 이 세상의 자식과 자손들을 염려하는 애정으로 해석하여, 산 자와 죽은 자 간의 끊어지지 않는 관계를 강조하기도 했다. 이렇게 우리 민속에서는 수천 년 동안이나 꿈은 무의미한 것이 아니며, 더구나 몽비망<sup>夢非妄</sup>이라 하여 망령된 것은 절대로 아니라는 속신이 전해지고 있다.

우리 민속에서 꿈은 반드시 예언력을 지녔다고 해석되었다. 이런 꿈의 신험성을 강조하기 위하여, 꿈과 관련된 숱한 이야기가 전해온다. 그 중 신라 태종무열왕의 총비였던 문희와 그의 자매인 보희의 꿈 얘기가 있다.

문희는 언니 보희로부터 간밤의 꿈 얘기를 듣는다. '토함산에 올라가서 오줌을 누었더니, 사방에 상서로운 구름이 자욱하고 칠색의 찬란한 무지개가 서라벌 이 끝에서 저 끝까지 뻗치더라'는 내용이었다.

"언니 그 꿈 내게 팔아요." 동생 문희의 요구였다.

"얘는? 꿈을 어떻게 파니?"

"언니! 내 비단치마 있잖아. 그거 언니가 늘 입고 싶어했지. 그거 줄 테니 그 꿈 내게 팔우."

이렇게 하여 문희는 언니 보희로부터 오줌꿈을 샀단다.

선덕여왕 시절, 태종무열왕 김춘추는 김유신과 자주 어울렸다. 어느 날은 김유신이 함께 놀다가 옷고름이 떨어진 김춘추를 집으로 데려와서, 보희에게 김공의 옷고름을 달아 주라고 했다. 보희는 외간남자의 옷고름을 규중 처녀가 어떻게 달아 줄 수 있느냐고 거절했으나, 문희는 자청하여 옷고름을 달아 주면서 김춘추와 친해지기 시작했고, 마침내는 임신에까지 이르렀다. 이를 안 김유신은 문희의 임신 사실을 퍼뜨리고, 선덕여왕이 토함산 불국사에 불공드리러 행차하는 날을 잡아, 여동생 문희를 풍속대로 불태워 죽인다고 소문내면서, 마당에 장작가리를 높이 쌓았다.

선덕여왕이 토함산 행차길에 보니, 서라벌의 한 곳에서 연기가 옹기점같이 치솟고 있었다. 내관에게 그 이유를 물으니, 김유신의 집에서 처녀 몸으로 임신한 여동생을 불태워 죽이는것이라고 아뢰었다. 자애롭고 총명한 여왕이 아이 아비가 누구냐고 묻자, 옆에 뫼서 선 김춘추가 얼굴이 벌게졌다. 여왕은 김춘추를 보내어 처녀를 구하여 혼인을 하라고 명령했고, 문희는 합법적인 제2의 부인이 되었단다. 그래서 후에 삼국을 통일한 태종무열왕의 왕비요, 문무왕의 모후도 되었다고 한다. 물론 비단치마 하나로 길몽중의 길몽인 오줌꿈을 판 보희에 대해서는 전해지는 바가 없다.

구약성서에도 야곱의 열한 번째 아들인 요셉의 꿈과 애굽왕 바로의 꿈을 해몽해 주고, 흉년과 기근에서 애굽과 아비, 야곱의 열한 아들과 식솔을 구한 요셉의 해몽이 자세히 나온다. 야곱은 사랑하는 아내 라헬이 죽자 그녀의 소생인 요셉을 더욱 애지중지했다. 그러나 곡식 열한 단이 자기의 곡식단을 향해 절하는 꿈을 꾸었다는 둥, 해와 달과 열한 별이 자기를 보고 절한다는 꿈을 꾸었다는 둥 꿈 얘기를 자주 하여 시샘을 산 요셉은, 형들에게 팔려 애굽 관리집의 노예로 간다. 거기서 주인 여자의 유혹을 거절하자 모함을 받아 감옥에 갇혔는데, 바로왕의 두 관리의 꿈을 해석해 준 덕에, 마침내는 바로왕의 꿈을 해석하기에 이른다. 그래서 흉년과 기근의 재난을 훌륭히 극복한 재상이 되어 고국의 부모 형제들의 절을 받게 되고, 70여 명의 자기 가족들도 구한다. 물론 이런 해몽력은 그의 민족의 신인 여호와 하느님의 도움이었다.

주사야몽이라는 옛 속언이 있다. 풀이하면 낮에 생각한 것이 밤에는 꿈으로 나타난다는 말이다. 그러므로 여자가 아이와 음식을 꿈꾸는 것은 당연하고, 어부가 풍랑과 물고기를, 농부가 소나 돼지, 말, 닭 등의 가축과 곡식의 꿈을 꾸는 것은 너무나 당연하다는 말이다. 평소에 늘 마음에 두어 생각해 오던 것이 꿈에 보인다는 말이다.

호랑이가 많아서 가축과 사람을 해치는 호환(虎患)이 많았던 시대에는 범 꿈을 자주 꾸었으나, 요즘처럼 자동차가 많아서 차 사고가 전시대의 호환만치나 두려운 시대에는 차 타고 가는 꿈이나, 자동차를 가지고 싶은 소망이 꿈으로 나타나기 쉽다는 풀이가 될 것이다.

　　이렇게 잠자는 중에 무의식적으로 꾸게 되는 꿈과, 평소에 의식적으로 간절히 소망하며 노력하여 이루고 싶어하는 이상理想이나 희망도 우리 말로는 꿈이라고 한다. 그래서 꿈이란 잠자는 동안의 무의식적인 꿈이든지 깨어 있는 동안에 바라고 의식적으로 노력하여 이룩하려는 꿈이든지, 결국은 마찬가지라 하여, '몽비망夢非妄'이라는 말로서, 꿈은 결코 허망한 것이 아니라고도 전해지고 있다. 영어권 나라에서 흔히, '꿈꾸는대로 되리라(whatever you dream, it comes true 또는 it can be true)'는 속담과도 마찬가지라 할 수 있다. 그러므로 꿈의 예언력도 이러한 배경에서 이루어져야 할 것이다.

　　우리 민속에서 12간지干支 즉 쥐, 소, 범, 토끼, 용, 뱀, 말, 양, 원숭이, 닭, 개, 돼지의 열두 가지 짐승은 농경시대에 키우는 가축을 중심으로 했으며, 농사에 필요한 물을 주관하는 가상의 동물을 용龍으로 상상하여, 초능력적 존재화한 것이라고 하겠다. 따라서 농경시대에는 이런 12간지의 짐승들이 꿈에 자주 나타날 수 있었고, 그 꿈의 해석도 짐승의 크기나, 쓰임새, 사람이 가지는 편견, 친근감과 보기좋은 생김새 등에 따라 풀이되었음을 쉽게 짐작할 수 있다.

우리 민속에서는 풍수지리적으로 허약한 지형에는 비보補적인 대책을 써서 보강해 주었다. 마치 키가 작은 사람은 굽이 높은 구두를 신거나 세로줄 무늬의 옷을 입어서 키가 커 보이게 한다든가, 얼굴에서 약점이 된다 싶은 부위를 화장술로서 보강해 주듯이, 지형적으로 약세라고 판단되면 그곳에 당집을 세우거나, 지명을 고쳐서 부르거나, 인공적인 동산을 만들기도 하고 더러는 냇물의 물줄기를 바꾸어서 흐르도록 하기도 했다. 이런 인공적인 노력이 흉몽凶夢이나 악몽惡夢 같은 꿈의 해석에도 적용되어 왔다.

"흉몽이 길몽이라 카드라마는(말하더라마는)."

"대흉大凶은 대길大吉과 통한다꼬 안 카드나 말따(말이다)."

어른들은 대개 이런 옛말을 인용하여, 흉몽이다 싶은 꿈을 꾼 사람의 불안한 마음을 안정시키고 위로해 주며, 조심하고 겸손해하며 좋은 것을 기대하고 더 노력하도록 격려해 주곤 했다. 그런 노력으로 결과가 좋으면 바로 흉몽이 길몽이고 대흉은 대길로 통한다는 말의 신험성을 경험한 것이 되었다.

《춘향전》에서, 옥에 갇힌 춘향이가 변사또의 생일 전날 밤에 까마귀가 까옥까옥하고 우짖는 흉몽을 꾸었다. 춘향은 어미 월매를 시켜 점쟁이를 옥중으로 불러다가 해몽을 부탁했다.

"아무래도 내일 신관사또의 생일날에 나를 끌어다가 취조하여 죽일 꿈이요"라고 탄식하는 춘향에게, 봉사 점장이는 이렇게 풀이했다.

"집에 좋은 일이 생길 모양일따. 까마귀가 가옥가옥이라고 했으니, 아름다울 가<sup>佳</sup>자에 집 옥<sup>屋</sup>자 아니냐. 그것도 거듭 가옥가옥<sup>佳屋佳屋</sup>이라고 했다니 정녕코 좋은 일이 있을 터이니, 날 새기를 기두려 보거라!"라고 해몽해 주고 갔다. 마침 어미 월매가 알거지 같은 이도령을 데리고 와서 옥중의 춘향을 면대시키니, 춘향은 방금 점쟁이의 해몽을 도무지 믿을 수가 없었다. 그러나 그렇게 알거지 같던 이도령이 어사가 되어 춘향이를 구해주니, 집에 아름다운 일이 생긴 것이 아닌가.

'꿈보다 해몽', '흉몽이 길몽'이란 말은, 곧 꿈이 소망하는 대로가 아니라 변형 왜곡되어 나타난다는 프로이트적 해석과도 통한다. 보다 더 중요한 것은 꿈 꾼 사람의 마음가짐과 마음가짐에 따른 노력이 더 중요하다는 말이 아닐까.

'대길할수록 대흉한 점괘'라는 말도, 토정비결 같은 새해 신수를 보고 나서 흉한 점괘가 나왔을 때 위로와 의식적 결의를 나타내는 말이기도 했다.

정신분석학자 프로이트는 그의 역저 《꿈의 해석》에서 꿈의 해석은 문화적인 차이에 따라 달라야 한다고 했다. 우리 나라에서 백수의 왕은 호랑이지 사자가 아니다. 따라서 우리 민속의 꿈과 해석에는 사자나 코끼리 이같은 동물이 없고, 태몽에서도 그러하다. 서양에서는 말이나 마차를 타고 가는 꿈은 죽음을 의미하지만, 우리는 경사스런 일로 해석한다.

아직까지 우리 문화에서는 태몽 없이 태어난 사람은 거의 없다. 태몽에서 알, 용, 범, 학, 난초, 별, 해, 달의 꿈은 비범한 인물이 될 아기의 잉태로 해석되었다. 밤, 호두, 대추, 큰 칼, 도끼, 큰 물고기나 큰 뱀, 큰 돼지나 큰 소, 거북, 말 등의 큰 짐승과 금은 패물, 술잔, 촛대 등의 꿈은 아들 태몽으로, 꽃, 앵두, 작은 뱀, 작은 물고기, 금반지 등은 딸 태몽으로 해석되어 왔다.

신화와 전설 속의 인물들은 으레 대단한 태몽으로 임신과 동시에 그 신비함이 예언되었다. 고려의 강감찬 장군은 모친의 품속으로 별이 떨어지는 태몽을 꾸고 태어났다 하여, 서울대 후문 입구의 낙성대가 성역화되었고, 전남 광주 근처의 지실<sup>芝室</sup>에는 송강 정철과 관련된 용꿈 이야기가 전해지고 있다. 중국 주나라 문왕의 모후인 태임을 스승 삼는다 하여 자기 호를 사임당으로 지은 율곡의 모친도 용꿈을 꾸고 율곡 선생을 임신했다 하여 율곡 선생이 태어난 오죽헌에는 견룡실이 있다. 비단 태몽이 아니더라도, 위인들은 출생부터 신비화되기 위하여 반드시 잉태와 출생 및 혼인에서 비범한 꿈이 따랐다. 인도의 아유타국 공주인 허황옥은 꿈에 본 신랑감을 찾아 배를 타고 가락국의 김수로왕을 찾아와서 혼인했다고 한다.

꿈은 반드시 나타나는 꿈의 모습대로 해석되는 것이 아니라, 소망하거나 두려워 겁내는 바가 의식이나 양심체계의 감시를 벗어나려고 변형 왜곡 변모되어 꿈으로 나타난다고 했다.

프로이트는 치료를 받으러 온 어느 부인이 밤마다 쥐새끼를 밟아 죽이는 악몽에 시달린다는 하소연을 들었다. 그 부인은 평소 남편을 쥐새끼 같은 녀석이라고 속으로 경멸해 왔는데, 그렇게 경멸하는 남편이 죽었으면 좋겠다는 생각을 자주 했다고 고백했다. 프로이트는 그 부인의 악몽은 남편이 죽었으면 좋겠다는 소망, 즉 사회적으로나 양심적으로 용납될 수 없는 부인의 소망이 무의식 속으로 억압되었다가 쥐새끼를 밟아 죽이는 꿈으로 왜곡 변형되어 나타난 것이라고 해석했으니, 이 또한 의식적인 대낮에 소망하거나 염려한 바가 꿈에 나타나는 주사야몽이 아닌가.

잠자는 동안 무의식적인 꿈의 예언력보다는, 깨어 또록또록한 맑은 정신 상태인 의식 중에 꿈을 꾸자. 우리 모두가 소원하는 바가 곧 꿈이 아닌가. 나아가 우리 사는 세상도 따뜻하고 맑고 밝게 평화롭게 넉넉하게 하자. 더러 밤 꿈이 흉몽이나 악몽이거든 길몽으로, 대흉의 점괘거든 대길로 해몽하고 풀이하여, 늘상 푸근하고 여유롭게 살자.

# 앞뜰에 매화꽃 피었느냐?

퇴계 선생이 임종에 즈음하여 '앞뜰에 매화꽃이 피었느냐?'라는 마지막 말씀을 하시고 운명하셨다는 이 한 마디로서도, 이분은 시인詩人이셨다고 주장하고 싶다. 이 마지막 말씀은 그 어르신의 고매한 인품과 학덕을 단적으로 말해 주지 않는가.

공중에 뜬 얼음 같은 바퀴
둥글기도 한데
뜰 앞의 옥나무
가지 끝에 걸렸구나
물밑 궁궐의 맑고 고운 것은
숨겨둠이 좋기는 하나

숨어 사는 사람이 백 번 돌봄이야
무엇 싫어할 것 있으리.


　매화와 국화를 유난히 사랑하셨다는 퇴계 이황<sup>李滉</sup>선생의 〈매화가지 끝의 밝은 달〉이라는 작품이다. 2001년은 퇴계 이부자<sup>李夫子</sup> 이황 선생의 탄신 500주년이 되는 해였다. 이분은 수많은 한시와 시조 작품을 남기셨음에도, 우리 문학사에서 본격적으로 연구되지 못한 듯하다.

　퇴계 선생의 사상은 유학<sup>儒學</sup>의 본고장인 중국에까지 거꾸로 영향을 끼친 바 대단하였고, 최근세의 중국에서 퇴계의 성학십도<sup>聖學十圖</sup>를 중국 통치의 기본강령으로 하려 했다고 할 정도였다. 또한 일본 유학의 기초가 퇴계학<sup>退溪學</sup>에 뿌리를 두고 발전했을 정도로 대단한 업적을 남긴 분이라, 아예 중국과 일본에서는 퇴계 선생을 공부자<sup>孔夫子</sup>와 대등한 호칭의 이부자로 하였다고도 한다.

　이분의 학문은 흔히 문외한들이 알고 있는 성리학의 정도를 훨씬 뛰어넘어 현재의 거의 모든 학문 분야와 관련되지 않음이 없을 정도로 도저하였으니, 철학, 미학, 심리학, 물리학, 문학은 말할 것도 없고 보건학, 약학, 각 분야의 예술 등과도 관련되어, 독일의 퇴계학 연구소를 비롯한 몇몇 나라에서 우리보다 더 적극적으로 연구하고 있다 한다.

　만약에 이 어르신께서 영국이나 그외 구라파의 어떤 나라에서 탄생

하셨더라면, 세계 인구의 절반은 먹여 살리시는 분이 되었을 거라고 개탄하지 아니할 수 없다. 영국의 셰익스피어가 세계 인구의 4분의 1을 먹여 살리고 있는 지금(세계 각국의 모든 대학에 영문학과가 있고, 셰익스피어 작품이 다뤄지고 있으니, 이를 가르치는 교수당 3인 가족으로 계산해도 족히 세계 인구의 4분의 1이 된다고도 한다), 퇴계 선생의 학문은 말할 것도 없고, 그분의 행적과 인품이 가히 공자를 공부자라고 칭하는 수준보다 나았다는 점에서(공자는 벼슬자리를 얻으려 14년을 사문을 거느리고 유랑했지만, 퇴계 선생은 왕이 내리시는 벼슬마다 사양하는 상소를 올리면서, 진정으로 학문과 제자 양성을 더 귀히 여기었으므로), 세계 인구의 절반은 족히 퇴계학 연구로도 살 수 있었을 터이니, 오호 애재<sup>哀哉</sup>라. 우리 민족의 안목과 눈멂과 소인배적 소유적 기질<sup>少儒的 氣質</sup> 탓이 아니고 무엇이랴. 진정 부끄럽고 통탄할 일이로고.

퇴계 선생은 태백산으로부터 아름다운 봉우리들이 늘어선 청량산 자락을 감돌며 계곡물이 흐르는, 안동시 도산면 온혜동에서 태어났다. 이미 여섯 형과 누이 하나가 있는 진보이씨 선비집에서 태어난 아기는, 이마가 넓은 아기라는 별명을 얻은 것 외에는 별다른 특징은 없었다. 퇴계태실에서 전해 들은 일화로는, 모친이 잉태 중 꿈에 공자라고 느껴진 노인이 집 대문으로 들어서는 것을 보았다고 한다. 그래서 성인이 찾아오셨던 문이라 하여 대문에 성림문<sup>聖臨門</sup>이라 쓴 현판이 걸려 있다.

부친은 퇴계 탄생 해에 겨우 진사시에 합격할 정도로, 벼슬보다는 글을 좋아하는 재야선비였다. 일찍 부친을 여읜 선생에게 모친 박씨 부인은 '벼슬은 현감 정도에 그쳐서 분수에 맞게 살라'고 했고, '헛된 이름에 쫓겨 자리를 옮겨다니며 어버이가 남기신 가르침을 본받을 만한 행실을 저버린 불효자가 되지 말라'고 경고했다.

24세 때 연거푸 세 번이나 시험에 떨어지고도 마음 아파하지 않았으나, 이웃집 하인이 그를 업신여기는 투로 부르는 소리에 한숨을 지은 적이 있었는데, 훗날 선생은 이때의 자기가 사람들의 대우와 관심에 민감했던 잘못을 술회하면서, 제자들에게 그러지 말라고 타일렀다고 한다. 21세 때 허씨 부인과 혼인하였고, 둘째 아들을 낳은 부인이 세상을 뜨자 권씨 부인과 재혼하였다. 선생은 급제 후 동향인 김안로에게 인사하지 않았다 하여 김안로 일당으로부터 곤욕을 치르기도 했고, 늘 관료사회에 적응하지 못하여 기회만 되면 향리로 물러나 공부하기를 즐겨 했다.

두 번째 부인은 빈한한 선생을 보필하여 헤어진 관복을 온갖 조각천으로 기웠는데, 색깔이 다른 천조각으로 기운 관복을 입고 등청한 선생을 관료들이 비웃어도 선생은 태연하였다고 한다. 권씨 부인은 침식과 기거를 함께하는 선생의 제자들을 수발하면서 불평을 모르고 온갖 고생을 다 하신 후덕부인으로, 우물물을 길어 물동이를 이고 오다가 선생께서 벼루에 먹을 갈고 계시면, 물동이를 머리에 인 채로 살풋 기울여서 물을 벼루에 따라 드렸는데, 희한하게도 물방울이 한 방울도 튀지 않게 따르는 재주를 보였다. 먹을 가는 벼루에 물이 튀면 사방에 먹물이 튀어 엉망이 될 게 아닌가. 그러나 이런 재주를 가진 권씨 부인은, 가끔 제자들과 글공부 중인 선생의 방문을 열고 좀 곤혹스런 몇 마디를 던지기도 했단다. 아마도 좀 주책스런 면도 보였던 부인이었을까? 그래서 대체로 주책스런 분이 한두 가지 신통한 짓을 하게 되면, '퇴계 선생 부인 같다' 라고 하니, 아직도 안동 지방에서는 속담 속언 비슷하게 쓰인다.

수십 차례에 걸친 고위직 벼슬을 번번히 사양하는 상소에 왕이 대노하면 한양으로 올라가면서도 거듭 사직상소를 올린 후, 도로 물러나서 찾아오는 사람들과 학문을 논하고 함께 가르치고 배우며, 기대승이나 이율곡 등의 학자들이 보낸 질문과 논박의 편지에 일일이 답을 써 보내는 학자의 참길을 걸었다. 사후에 나라에서 대대적인 장례식을 하명할 줄을 알고 손수 '퇴계 이황지묘<sup>退溪 李滉之墓</sup>' 라는 묘비만으로 겸손한 가족장을 치를 것을 엄명하였다. 도산서원의 현판은 한석봉의 글씨라고 전해지며, 선생의 사후에 임금님의 하사금으로 자그맣게 지어졌는데, 안동댐이 생기면서 수물지가 되자, 현 위치로 옮기면서 박대통령이 크게 지은 것이다. 이런 사실을 모르는 방문객들이 간혹 퇴계 선생이 제자들을 키우면서 치부하여 이렇게 크게 지었는가? 라고 하는 말에, 후손들은 심히 불쾌해한다.

퇴계 이황<sup>退溪 李滉</sup> 선생은 벼슬을 내리신 왕명에 수도 없이 사직상소를 올렸다. 드디어는 항명이라는 진노를 받잡고, 하는 수 없이 한양으로 가는 도중이었다. 다 저녁때 문경새재(사이재, 즉 두 곳의 사이에 있는 재라고 하여 사이재라고 부른 것이, 저절로 줄여져 새재라고 불려졌다. 또한 새들이 많다 하여 새재 즉 조령<sup>鳥嶺</sup>이라고 불려졌다고 한다)를 넘게 되었다. 첩첩 산중이라, 겨우 어느 불빛이 새어 나오는 외딴 인가<sup>人家</sup>를 발견하고 하룻밤을 유숙하게 되었다.

한밤중에 들이닥친 한양길 선비와 그의 종자를 위해 저녁상을 차려내어 왔는데, 음식이 하나같이 퇴계 선생의 입맛에 딱 맞는 반찬이었다. 각별히 정갈한 이부자리도 너무 고마웠고, 아침상도 선생께서 좋아하시는 음식이었다. 더구나 떠날 때는, 신고 오신 짚신과 버선이 다 젖고 헤어졌다 하여 밤새 새로 삼은 새 짚신 두어 켤레와 함께, 신고 가시라고 내어 온 버선 두 켤레는 선생의 발에 크도 적도 않는 딱 맞는 치수였다.

버선은 요즘 양말과 달라 신축성이 거의 없기 때문에, 사람마다 각자의 버선본이 따로 있어서, 그 버선본이 없이 발의 크기를 재거나 눈대중으로 보아서 지어진 버선은 작거나 커서 신을 수도 없었다. 하물며 하룻밤을 자고 가는 낯선 선비의 발 크기를 어찌 짐작이나 할 수 있었으랴마는, 신기하게도 버선은 선생의 발에 딱 맞았다.

고맙게 받아 한 켤레는 신고 다른 한 켤레는 임금님 배알할 때나 신으려고 가지고 와서 신어 보니, 그 또한 신기할 정도로 선생의 발에 딱 맞았다. 선생이 그 외딴 집을 떠날 때 잠시 뒤를 돌아보았는데 사립문 뒤에 숨어 섰던 아낙이 눈에 자꾸 밟혔으리라. 선생께서는 그 외딴 집 남정네의 후덕스런 인상과, 친정으로 억지로 돌려보내며 절대로 시댁으로 되돌아오지 못하게 엄명을 내렸던 청상과수 된 며느리를 생각하셨으리라.

퇴계와 관련한 숱한 일화 중에 유독 이 일화는, 우리가 퇴계 선생을 좁은 틀 속에 억지로 구겨 넣고 강제로 폄하하여 생각해 온, 협량한 도학군자로서의 이미지와 얼마나 어긋나 있는가. 퇴계는 혼자된 청상<sup>靑孀</sup>의 자부<sup>子婦</sup>를 기어이 친정으로 돌려보냈다. 강제로 열녀를 만들었고, 혼담만 오고 갔다는 이유로도 얼굴도 모르는 남자를 위해 피눈물의 한평생을 보내야 했던 조선조의 억지열녀만들기에 비할 때, 선생의 이 일화는 인간 퇴계와 그 어르신의 광대무변한 인품을 단적으로 말해 주지 않는가.

빠리 여행 때 안내인으로부터 들은 재담이다. 예수님의 수제자 베드로가 사람들에게 열쇠를 나눠 주었다. 금 열쇠 은 열쇠 등……. 한 창녀가 그 소식을 듣고 달려가서 열쇠를 달라고 하자, 베드로는 무쇠 열쇠를 주었다. 창녀가 화를 내면서 왜 다른 사람들에게는 금 열쇠나 은 열쇠를 주면서 자기에겐 무쇠 열쇠냐고 따지자, 베드로는 빙긋이 웃으면서, '그건 내 아파트 열쇠'라고 했다 한다. 이런 농담은 성인聖人일수록 더 많이 만들어지는 것처럼, 퇴계 선생을 두고 만들어진 재담이 있다.

퇴계 선생의 제자들이 한국은행에 전화를 해 따졌다. "퇴계 선생보다 37년 연하요 선생의 제자인 율곡의 화상은 5천 원짜리에 그리면서, 그 스승의 화상은 1천 원짜리에 넣었느냐?"고. 당황한 한국은행은 여러 차례 회의 끝에,

'위대한 링컨의 얼굴을 1센트짜리 동전에 넣듯이, 더 위대하신 분은 더 널리 쓰이라고 그렇게 했다'고. 누가 꾸며낸 재담이건, 우리 역사의 자랑인 퇴계 이부자를 세계의 이부자로 만들어야 할 일이 새천년 우리 민족의 사명인 것만은 틀림없다.

2

노래 먹고 살아온 우리

# 혹 잘못 볼라
단디 보그레이

　'중매는 잘하면 술이 석 잔이요 잘못하면 뺨이 석 대' 라는 말
이 있다. 그만치 혼인을 성사시키자면 장점은 부풀리고 단점은 줄
여서 말재주를 부렸다는 얘기렸다. 혼인婚姻은 인륜지대사人倫之 大事라 하
여, 가문家門과 가문의 결합으로 이루어지거나, 집과 집의 결합이었다. 점
차 본인들간의 결합으로 축소되면서 맞선이라는 형식이 생기기 전에는,
주로 신랑이 몰래 신부집 마을이나 근처를 찾아가서 먼발치로 신부감 처
녀를 보는 것이 허용되었다. 물론 이전에는 매파가 동동구리무 장사나 행
인을 가장하여, 저녁때 문전축객하지 않는다는 미풍양속을 이용하여 하
룻밤 쉬어가는 형식으로 신부집에 잠입한 후, 신부감 처녀를 선보아서 신
랑 어머니께 고해 주기도 했다. 신부감이 다산형多産型(아기 많이 낳을 형)의

처녀인지 혹시 무자상無子相(아들 못 낳을 관상)은 아닌지를 먼저 알고 싶어서였다. 그런 이들은 신부감 처자의 13구軀를 살폈다.

눈매가 길고 눈 끝이 젖지 말아야 한다
눈썹이 길고 이마가 오똑해야 한다
콧날이 서고 봉눈처럼 생겨야 한다
목소리가 고르고 기氣가 족해야 한다
피부빛이 광택이 나고 향기가 나야 하고
살결이 부드럽고 습기가 촉촉해야 하고
얼굴이 거위나 벼룩상일수록 좋고
어깨가 모나지 않고 등이 두터워야 하고
손바닥에 혈색이 붉어야 하고
유두乳頭가 검고 굵어야 하고
배꼽이 깊고 두툼해야 하고
엉덩이가 펀펀하고 배가 커야 한다.

또한 신족神足, 혈족血足, 피실皮實, 내실內實의 이족이실상二足二實相이며 다음 네 가지의 정신적 조건인 덕을 갖추면 남아를 잘 낳는다고 알았다.

남이 싸우는 데 끼어들지 않는 여자
어려움 속에서도 원망하지 않는 여자

음식을 절제하는 여자
무슨 얘기를 듣고도 놀라지도 기뻐하지도 않는 여자

**무자상 즉 아들 못 낳는 여자의 상으로는,**

노랑 머리나 붉은 머리의 여자
눈의 흰창이 붉거나 노른기가 있는 여자
눈이 깊숙이 빠졌거나 눈썹이 없는 것처럼 성근 여자
콧대가 꺼지거나 납작코 여자
이마가 높고 얼굴이 꺼진 여자
이마에 주름살이 많은 여자
미간에 마디가 있는 여자
얼굴이 길고 입이 큰 여자
얼굴이 크고 입이 작은 여자
콧구멍 속에 코털이 많은 여자
귀가 뒤로 뒤집혀지고 굴곡이 많은 여자
입주둥이가 불붙듯이 생긴 여자
잇몸이 하얀 여자
목소리가 우레치듯 깨진 음성의 여자
어깨가 축 처진 여자와 허리가 너무 가는 여자
몸이 너무 가벼운 여자
등이 꺼지고 복부가 좁은 여자

엉덩이가 허약한 여자

눈의 흑백이 선명치 않은 여자

살가죽이 얇고 살이 차가운 여자

입술이 창백하고 혀가 하얀 여자

배꼽이 작고 얕은 여자

살이 부드럽고 솜 같은 촉감의 여자

유방이 오똑하고 유두에 하얀 빛이 도는 여자

사타구니에 살이 메마른 여자

살갗이 기름처럼 매끄러운 여자

입술에 검은빛이 도는 여자

등이 있었는데, 상 잘 보는 여인이 위장하여 몇날 몇달씩 처자 집에
머물면서 호시탐탐 처자의 상을 살폈다고 한다.


안산 읍내 양선달 딸이

인물 좋다는 소문을 듣고

한 번 가서 못 만나고

두 번을 가서 또 못 만나고

삼세 번을 찾아가니

베짜다가 내다 보며

아갸 고 낭반 꾀도 많다

고개 들면 선 볼라꼬.

　위의 선보는 노래는 불과 50여 년 전쯤의 얘기일 수도 있다. 이 노래
에서 선달은 그냥 벼슬  아닌 존칭일 수도 있다.  '선달' 외에 '첨지', '영
감', '참봉', '주사' 라는 존칭들도 있었는데, 나라에서 하사하기도 했지
만, 후대로 내려오면서 이웃이나 집안에서 그렇게 대접하여 불러 주기도
하였고, 또는 스스로 취득하기도 했다.

　왕자나 왕녀가 태어나면 명당을 찾아 아기의 태<sup>胎</sup>를 묻어 두는 태묘<sup>胎墓</sup>
를 만들어 보호하게 하는데, 이 태묘를 지키는 이에게 명예 직함으로 참봉
벼슬을 내리기도 했다. '팔십에 능참봉' 이란 말도 있듯이, 연로하여 실제
로는 자식이 그 일을 감당하기 때문에, 자식들이 칭호상으로는 참봉 벼슬
을 대물림하기도 했다 한다. 이러한 명예 참봉에게는 태묘 주변의 논밭을
녹으로 하사하기도 하였으나 아무 녹도 주지 않고 달랑 참봉이라는 명예

직함만 내리기도 했는데, 주로 나이 많은 상노인으로 주위 마을에서 존경받는 분에게 하사되었으니, 죽기 전에 가문의 큰 광영으로 인정되어 참봉 어르신 혹은 참봉댁으로 불리웠다.

　살아 온 행적으로 보아 존경의 칭호로 첨지라고 불러 주기도 했던 것이, 어느 새 인플레가 되어 노인들은 김첨지 오첨지 박첨지 등으로 노인이면 모두 첨지로 불러 주기도 했다 한다. 피천득 선생님의 수필집에는 조상이 종로통에서 가죽신 장사를 하여 주사라는 벼슬 아닌 벼슬을 산 얘기가 있는데, 왜 이왕이면 좀더 높은 것을 사지 않았느냐는 내용도 있다. 당시 사람들은 부를 얻으면 신분과 동떨어진, 즉 걸맞지 않는 높은 벼슬이 아니라, 현 위치보다 약간 나은 사회적 지위를 나타내는 직함 또는 호칭 존칭을 분수에 맞게 살 수가 있었던 모양이다.

　'봉이 김선달 대동강 물 팔아먹듯' 이라는 말에 나오는 선달이란 호칭도 아무나 얻을 수는 없었다. 그래서 선달은 일단 호칭 없는 이보다는 나은 신분이자 지위였으니, 선달 딸이라 하면 다른 처자들보다는 한수 얻고 드는 혼담일 수가 있었다.


　아주 아리따운 딸을 둔 아비가 애를 태우고 있었다. 누가 봐도 천하 절색인데, 한 가지 흠이 있으니 목 뒤에 주먹만한 혹이 붙은 것이었다. 그래서 혼기를 넘겼는데도 청혼이 들어오지 않는 형편이라, 하도 답답한 아비는 중매쟁이를 불러서 단디(단단히, 꼼꼼히, 자세히) 당부를 했다. 성사만 시켜 주면 특별사례를 하겠노라고.

중매쟁이는 머언 마을로 갔다. 오다가다 귀동냥으로 평판 좋은 총각을 염두에 두었다. 신랑감은 조실부모하여 가난한 것이 흠이지만 나무랄 데 없는 반민平民의 후예로써, 신부 아비의 체면을 고려하여 사방 백 리 밖의 혼인은 못되더라도, 몇십 리 밖의 혼인은 되어야 한다는 것을 잘 알고 있었으니까. 양반은 원혼遠婚, 즉 거리가 백 리 이내면 안 되었다. 사방 백 리 안에 살아 온 이들끼리 혼인하면 지질, 수질, 기후 등 풍토상의 약질끼리 결합하게 되어, 우수한 자녀가 생산되지 못한다는 이론 때문이었다. 지방마다 풍토병이 있는 이유가 바로 이런 백 리내 불혼의 근거가 되었다. 흔히 갑돌이 갑순이가 한 마을에서 사랑했다는 노래가 있는데, 이는 상민끼리였으며 반혼(양반끼리의 혼인)은 아니었음을 의미한다.

"혹 잘 못 볼라, 혹 단디 보그레이!"

중매쟁이는 신랑감한테 단단히 당부해 두고, 으스름 달밤을 약속하여, 신부가 산책을 나오면 나무 뒤에 숨어서 보라고 일러주었다.

약속시간에 신랑감은 신부의 마을로 가서, 달빛 아래 거니는 처자를 숨어서 보고는 홀딱 반했다. 좀더 가까이 다가가서 나무 뒤에 숨어서, 명주수건을 살풋 쓰고 바로 옆을 지나는 처자의 얼굴을 보니 참으로 고왔다. 혼인은 성사되어, 혼례를 치르고 당일로 신행까지 해 놓았다. 중매쟁이는 가슴이 두근 반 서근 반 하며 기다렸다. 역시나, '혹 잘 못 볼라 혹 단디 보그레이'를 '혹시 잘못 볼라 단단히 꼼꼼히 보그레이'로 듣고 이해했던 신랑은, 화가 나서 중매쟁이를 찾아가 따졌다. 술 석 잔은 물건너갔고, **빰따귀** 석 대를 얻어 안길 참이 아닌가.

중매쟁이는 노발대발로 달려드는 신랑한테 도리어 호통을 쳤다.

"그러게 내 뭐라 카드노? 혹 잘 못 볼라, 혹 단디 보그레이라고 몇 번이나 말했노 말따! 지가 잘 못 봐 놓고 날 보고 뭐라꼬?"

언니 언니 우리 언니
시집 갈 때 얼굴에는
빨강 앵두 두 갤러니
집에 올 때 자세 보니
방울방울 눈물 방울

혹달이 신부의 시집살이가 얼마나 고달팠으랴 짐작할 만하고말고. 이런 신랑이 난봉꾼이 된 건 아닐지?

접방살이 흉도 많다
고공살이 일도 많다
시집살이 말도 많다

시집살이 말이 많아

그 시집을 살 수 없어

절간으로 나는 간다

아홉 폭 치마를 뜯어 바랑 짓고

두 폭 찢어 가랑 짓고

한 폭 뜯어 감발하고

또 한 폭 뜯어 고깔 짓고

머리 깎고 심간다야

한 귀떼기 깎고 나니

눈물이 흘러난다

두 귀떼기 깎고 나니

슬픈 맘이 절로 든다


시집 갔던 사흘만에

과거 본단 소문 듣고

과거 보러 가신 낭군

밤낮으로 기다리니

밤도 길어 해도 길어

길쌈이나 시작하네


노래로 남아 있는 민속은 이다지도 하나같이 여자에게 불리하기 그지 없었던가. 시집살이가 하도 힘들어서 치마에 돌멩이를 싸서 안고 물속에 뛰어들어 죽은 예가 있었고, 그런 억울한 귀신은 토채비(도깨비, 토째비)가 되거나 물귀신이 되어 비오는 밤마다 물마루 높은 데서 운다고 했다.

아니, 장가 든지 사흘 만에 과거 볼 사람이 장가는 왜 들어? 과거 보고 나서 급제 후에 장가 들면 더 좋은 집 사위가 될 텐데, 왜 서둘러 장가 들어 멀쩡한 여자 공방신세 만들었을까? 이유는 단 하나, 과거 보러 간 사이 부모봉양 조상제사 받들 노동력이 필요했기 때문이다. 여자의 노동력으로 보아, 어린 신랑과 과년한 신부의 혼인이 이루어지기도 했으니까. 시댁이 가난하면 머리라도 잘라 팔아서 시부모 봉양과 봉제사 접빈객을 감당해야 했으니까.

난봉혜 났구나 혜에구야
줄난봉이 났는데
우리집에 사동세가 혜이구야
줄난봉이 났구나 에헤헤 혜에에
어련마 시동중중 내 사랑만 가노라

남자의 바람은 이 '난봉가'에서도 멋들어진 풍류나, 여자의 바람은 어떤가?

죽일년아 발길년아
어린 자식 재워놓고
병든 서방 뉘어놓고
활장같이 굽은 길로
살대같이 네가 가면
그 얼마나 잘 살꺼냐
찢을년아 발길년아
대전 화통 목맬년아

우리 오빠 남잔고로
바다 같은 논밭 차지
대궐 같은 집도 차지
천금 같은 부모도 차지
요내 신센 여잔고로
먹고 가는 밥뿐이요
입고 가는 옷뿐이라
갈켜 주소 갈켜 주소
신식공부나 갈켜 주소

여자는 남자보다 시대감각이 빠르다고 한다. 여성의 감수성이 남성
보다 민감한 탓이기도 하겠지만, 약자가 갖는 본능적인 자기 보호의식 탓

이리라. 대신 남성은 누려 온 긴 역사를 거치면서 그 누림이 당연시되어 장차도 누리는 시대일 것이라는 착각 탓에 변화에 둔감하고 둔감하고자 하는 탓이기도 하단다. 여성이 유행에 민감한 것도 바로 이런 이유로 설명하기도 한다.

요즘 들어 친가 외가의 성씨를 함께 쓰는 이름들, 즉 넉자 이름들이 속속 나타나고 있고, 나아가서는 태어나서 주어진 친가 성씨만을 사용하지 않고, 어느 시점에서 자기가 따를 성씨를 부와 모의 성씨 중에서 선택하도록 허용하자고도 한다. 이는 오랜 여성 억압과 불공정한 대우에서 비롯된 반작용이 아닐까마는, 위의 전래노래가 아니더라도 아무튼 딸은 아들보다 대우받지 못했다.

그러나 알려진 바와는 사뭇 다르게 조선조 중기, 즉 유교가 정착되기 전까지는 딸도 아들과 동등상속을 받았다고 한다. 최초의 족보가 명종조에 만들어졌다는데, 그 족보에는 친가와 외가의 분량이 동등하게 등재되어 있었다. 그러다가 유교가 점차 정착 강화되면서, 부계의 친가 쪽이 강조되고 상대적으로 모계의 외가 쪽이 약화된 것이란다.

우리의 혼속은 처용가의 처용이 역신과 번갈아 처용처의 집을 방문하여 혼인생활을 하던 것처럼 신부집 '방문혼' 이던 것이, '장가 든다' 라는 말처럼 남자가 처갓집으로 장가를 들어가 사는 방식으로 옮겨 갔다. '겉보리 서 말만 있으면 처가살이 안 한다', '데릴사위 안 들어간다' 는 말은 남자들이 처가살이를 반기지 않았음을 말해준다. 그러다가 자식을 낳고 처부모와 더 이상 살 필요가 없어지면 본가로 돌아오는데, 이를 두고 시집 간다고 했다. 운이 좋으면 처갓집의 재산을 상속받아서 오기도 했다. 그러다가 남성우위사상이 강화되면서 혼인 후 신부를 신랑 집으로 데려오는 풍속으로 정착되었다.

딸의 상속권도 아들들과 동등하였는데, 친정집에서 상속받은 전답이 너무 먼 거리에 있어서 관리하기에 불편하여, 아예 딸을 출가시킬 때 혼수로서 상당한 재산을 주는 것으로 바뀌었다. 이런 풍속의 근거로 '처 삼촌묘 벌초하듯' 이란 말을 들 수 있다. 처의 부모인 빙장 빙모의 무덤도 아닌, 처의 삼촌 무덤까지 벌초하였다는 말이니, 분명 장가 들어 처가살이를 했다는 것이 증거가 된다.

사실 조선조 말기에 이르러서 한국적 유교가 남성우위로 더욱 강화된 셈이 아닐까? 이 또한 남성들의 결정으로써 출가외인으로 몰린 딸에게는 먹는 밥과 입는 옷뿐이라, 아들이라는 한 가지 이유만으로 오랍지(오빠)는 집과 전답과 부모와 모든 재산을 차지할 수 있었으니, 얼마나 억울했으면 신식공부나 가르쳐 달라고 악을 쓰는 노랫말이 나왔겠는가.

# 三冬 보릿고개
## 자장자장 우리아가

"오랜만이야. 존일(좋은 일) 없나?" 학위를 받고도 전임이 못 된 친척 조카한테 건넨 내 인사말에, 민망한 듯 고개를 푸욱 수그리면서, '맹 글치(여전히 그렇지) 뭐, 아지매는 더 젊어 뵈니더, 별첨없니껴(어른께 드리는 별고 없느냐는 표현)?' 억지로 웃는 조카의 대답은 미안하지만, 너무나 오랜만에 들어 보는 원주민(native speaker)의 원어적 사투리가 아닌가.

"맹 글타니? 맹 그러면 워옌다노(늘 같으면 어떻게 한단 말이냐)?" 차말로(참말로) 오랜만에 내 입에서도 저절로 나온 역시 원어적 사투리였다.

"하도 오래 보릿고개를 살아서 인지사(이제는) 이력이 나서(이골이 나서, 적응이 되어서) 괜찮니더고마. 산 사람 입에 거미줄 칠라꼬요."

"잘 견뎠으이 고대(금방, 머지않아서) 잘되지러. 이젠 존일만 안 남았나 말따. 내 학생들 보이(보니) 내내 고생하다가도 한꺼번에 운이 쏟아지드라. 새해는 대박 터질꺼야."

대충 이렇게 얼버무리고 돌아서면서, 맹 글타고? 여전히, 늘, 그렇지라는 뜻의 맹 글체라는 사투리가, 눈깔사탕 구르듯이 입안에서 달디달게 굴렀다. 맹 그러면 안되는데 …… .

시간강사들이 가장 서러워지는 보릿고개! 언제부터였나? 신$^{新}$보릿고개는 겨울방학 여름방학이 되어 버렸다. 강의가 없어서 강사료도 못 받으니, 배고플 수밖에 없는 신개념의 보릿고개!

70년대 초반까지도 보릿고개는 음력 3, 4월경이었다. 덜 익은 풋보리를 베어다가 안방 아랫목 구들녘에 보릿단째 넣어 말려서, 보리이삭만 따서 억지로 비벼찧어서 밥을 지어 먹었다. 영글지 못한 보리알이 밍그러지기도 했고, 그래서 밥보다는 미끈거리지만, 보리죽을 쑤어 먹으면 송기나 쑥 같은 것만 먹던 위장에 곡기$^{穀氣}$가 들어가서, 그래도 눈이 떠진다고했다. 그렇게 보리이삭이 익어 주기만을 '눈이 빠지도록' 기다리던 보릿고개가 우리에겐 있었다.

보릿고개라는 말만 들어도 눈물이 피잉 도는 듯한 서러움이 복받치는(북받친다고 하지 않고 복받친다고 하여, 참았던 울화와 설움이 가슴터지도록 밀고 치솟는다는 어감이 나는) 그런 아득한 농경시대의 19세기적 옛 언어가 아직도 죽지 않고 살아남았다니? 아니 지금이 어느 시대라고? 새천년 2000년도 지난 지식기반시대, 정보지식시대인 지금에도 새로운 개념으로 둔갑하여 옛 탈을 그대로 쓰고 나타나다니? 가뜩이나 추운 삼동에 한 달 벌어 한 달 먹는 아이가 무엇으로 월동<sup>越冬*</sup>하며 월매나(얼마나) 섧을꼬. 인생은 아날로그인데 시대는 디지털인지 돼지털인지, 아니 이 시대에도 보릿고개라니?

> 봉남아 울지 말고 어서 자그라
> 터더럭구 배주리는 나도 있단다
> 전일에는 네가 울면 엄마 젖 줬지
> 터더럭구 배주리는 나도 있단다

여기서 터더럭구는 음률로 들어간 의사어인지, 아니면 노랫말의 화자<sup>話者**</sup>의 더 심한 배고픔을 나타내는 어떤 의미인지는 모르지만, 보릿고개에 굶어 죽은 아내를 잃은 남편이 배고파 우는 젖아기를 달래는 한맺힌 푸념노래가 아닌가 짐작해 볼 뿐이다.

정부가 하도 벤처벤처하며 벤처만 하면 단숨에 부자되는데, 왜 벤처를 아니하느냐는 식으로 국민을 윽박지르듯 하니까, 어느 작가 한 분이 '볼멘 소리'로 화를 냈다.

"아니 우리 글쟁이들이 언제 벤처 안 한 때가 있었어? 평생을 벤처

해도 요모양 요꼴인데, 뭐 대단한 게 벤처라고 야단들이야. 뱃데기(배)가
터지던 저들이 이빨 사이에 고기맛이 덜 난다고 벤처니 지랄이니 하는 말
이지, 벤처가 뭔지도 모르는 것들이 자꾸만 지랄들이야."

그렇다. 벤처(venture)란 모험적인 것이니, 정규수입 없는 글쟁이
들의 생계야말로 하루하루와 한 달 한 달을 아슬아슬하게 넘기며 살았으
니, '저제나 이제나 맹(여전히 늘)' 벤처였지 않나. 전에도 지금도 앞으로
도 맹 글케 벤처가 아니고 뭣이겠는가 말따.

청년 예수가 집을 나와 40일간 금식하며 광야를 떠돌며 기도하고
나서, 하느님이 주신 사명<sup>使命</sup>을 거듭 확인하자 비로소 굶주림의 고통이 극
도에 달할 때에, 마귀가 다가와서 유혹했다.

"네가 진정 하느님의 아들이어든 이 돌들로 떡을 만들어 보라"고,
이에 예수는 "사람이 떡으로만 사는 것이 아니라 하느님의 입에서 나오
는 말씀으로 사느니라"고.

시를 쓸 때마다 생각한다. 시야말로 하느님이 주신 영감이 아니면 시
다운 시가 못 되는 영혼의 노래라고, 그래서 배고픔으로 속을 썩어, 다 비
워 내야만 하느님의 말씀이 담겨지기 때문에 시인<sup>詩人</sup>은 가난한가 보다고.

요한복음 첫머리의 '태초의 말씀'도 곧 신<sup>神</sup>인 하느님이자 그분의
시<sup>詩</sup>가 말씀이었지 않을까? 시인이야말로 언어를 부리는 마술사이니, 어
쩜 하느님 아래층의 좀더 낮은 신<sup>神</sup>이 아닐까 하고.

프랑스의 맑스 자콥이던가. 그에 의하면, 좋은 시를 쓰자면 '명석한 두뇌와 착한 마음' 이라는 두 가지 조건이 충족되어야 한다고 했으니, 하느님 아래층의 착한 사람이어야 좋은 시를 쓸 수 있다고. 영혼의 노래인 시라는 것이여. 아니 영혼이라는 것이여. 춥고 배고프면 영혼이란 것이 맑아지는가?

배고프고 서러웠던 옛 아낙들은 자장가의 가사를 잘도 지어서 불렀다. 먹은 것이 있어야 젖이 나오지. 어미가 배곯았는데 무슨 젖이 나오겠나마는, 우는 아기 입에 젖꼭지를 물리면 아기는 죽을 힘을 다해 빨아 보아도 먹을 것이 나오지 않자, 다시 울다가는 탈진하고 만다. 이런 때 엄마의 마음은 천갈래 만갈래 찢어지고 애간장이 진다. 이런 심사를 담은 애달픈 노래가 자장가였으니, 자장가는 잠투정하느라 칭얼거리며 보채는 아기를 재우려고 불렀다기보다는, 서러움을 주체 못하는 모성의 애간장을 녹여 내는 푸념노래였다고 해야 옳을 것이다. 아기를 위한 노래라기보다는 엄마 자신을 위무한 노래였으리. 그래서 우리의 자장가는 슬프다 못해 한스럽기 그지없다. 따라서 저 서양의 악성들이 작곡했던 자장가와는 목적과 차원이 달랐다. 엄마나 할머니의 애터지는 설움을 너무나 잘 아는 아기는 구성진 자장가 가락을 들으면서 배고픔에 지쳐서 잠을 잘 수밖에 없는 효자요 효손<sup>孝孫</sup>이었다.

엄마와 아기는 이심전심<sup>以心傳心</sup> 이상의 초자연적인 텔레파시로 한 몸 한 마음이었다. 옛 엄마들은 아기를 젖먹일 때가 되면, 유방<sup>乳房</sup>이 찌잉해 지는 신호를 느꼈다. 이를 젖이 돈다고 하는데, 정진규의 시집《도둑이 다 녀가셨다》중의 〈교감〉에서 이러한 모자<sup>母子</sup>간의 신비한 교감이 절묘하게 나타나 있다.

몇 해 전 요즈음 나는 잘 먹힌다고 쓴 적이 있는데, 그러면서도 행복한 것은 아니었는데, 그저 빼앗기고 있다는 기분이었는데 오늘은 아이에게 젖을 물리고 있는 한 엄마를 보면서 고함치도록 행복하였다. 그는 정말 잘 먹히 고 있었다. 아이가 배가 고플 때쯤이면 젖이 찌르르 신호를 보낸다고 했다. 이건 분명 먹이다가 아니라 먹히다이다. 먹히다는 고함치도록 행복하다이 다. 그러니 모유가 제일이다! 그대 오늘 사랑이 고픈가 이 몸이 지금 찌르 르르 신호를 보낸다

젖이 찌르르 신호를 보낼 때면, 엄마는 아기를 업고 나간 언년이를 소리쳐 불러서 모유를 먹였다. 이토록 신비한 불가사의의 관계가 바로 모 자 사이였으니, 말 못하는 아기라 한들 왜 아니 엄마가 지어 부른 자장가 의 속내를 모를 수 있으랴. 어쩌면 교육이 둔화시킨 다 자란 자녀들보다 더 '속속들이' 느껴 알 수 있었으리라.

자장자장 워리자장 우리아기 잘도잔다
멍멍개야 짖지마라 꼬꼬닭아 울지마라
우리도련님(귀동녀) 잘도잔다 내강생이(내 강아지, 내 새끼) 잘도잔다.

자장자장 워리자장 우리아가 잘도잔다
선녀같이 고운애기 곱게곱게 자는밤에
닭도개도 아니짖네 우리아기 잘도잔다
새는새는 남게자고 쥐는쥐는 굼게자고
소는소는 마구에 자고 닭은닭은 홰대에 자고
내새끼는 할미품에 자네

아가아가 우지마라 옹솥에다 불을지펴
암닭알을 넣으면은 너 어메가 온다드라
자장자장 우지마라 인물그린 병풍수닭
짧은목을 길게빼고 두날개를 타악치며
꼬끼요 하고 울면 네어메가 온다드라
우지마라 우지마라 여름애기 너무울면
목두쉬고 눈도붓제 삼년묵은 쇠뼈다구
털이나며 살붙으면 너어메가 온다드라
노랭이도 자더라야 귀맥이도 자더라야
바둑이도 자더라야 고네기(고양이)도 자더라야
우리애기 재워다오

금자동아 은자동아 수명장수 부귀동아
은을주면 너를사랴 금을준들 너를사랴
나라에는 충성동이 부모에는 효자동이
형제간에 우애동이 일가친척 화목동이
이웃간에 귀염동이 동네방네 유신동이
태산같이 전세하라 하해같이 살아가며
무명천지를 지내볼까 어화둥둥 내아들아
문전옥답 장만한들 이보다야 더좋으랴

얼음굶에 수달피냐 시낫밑에 미나리냐
무주공산 잣송이냐 청산봉학 대추씨냐
날아가는 학선이냐 옷고름밑에 옥동자요
수팔년에 밀동자요 선수불공 내아들아
녹음진 정내딸아 산호진주 얻었던들
이에서 좋으랴 대장되면 을지문덕
충신되면 백이숙제 두둥두웅 둥둥둥
둥게둥게 두둥개야.

열소경에 한 막대요 표진강에 숙향이가
분맘서 안등경 네가 되야 태났구나
새벽바람 사초롱에 은하수 직녀성이
네가 되야 내려왔나 당기끗에 진주

얼음구멍에 잉어로고 어화둥둥 내딸이야.

이외에도 자장가는 수도 없이 많다. 내가 수집한 자장가보다 더 무수한 자장가를 우리네 어머님들은 수백 년 수천 년에 걸쳐 지어 불렀으리니, 이 분들이 모두가 시인들이 아니었나. 어쩌면 수백 수천 편의 자장가를 가진 민족이 우리 한민족이 아닐까.

자장가! 이는 보릿고개가 따로 없어 늘 춥고 배고프고 섧기만 했던 우리의 성모聖母님들의 시였다.

역사는 사실의 기록이나, 문학은 진실의 기록이다. 역사는 이긴 자들의 승리의 기록이나, 문학은 패자敗者들의 기록이 아닌가. 인생에, 삶에 실패할 수밖에 없었던 조선의 서민 여인네들, 그들은 문학의 원형, 진심의 원형인 이런 원형적인 노래로 그들의 실패와 진심을 담아 냈으리라. 이야기(소설)는 거짓부렁(거짓말)이고 노래(시)는 참말이라며, 옛 부인네들은 눈물 찍어가며 중얼거려 노래하지 않았던가.

# 작년에 왔던 각설이가 죽지도 않고 또 왔소

나그네라는 말은 참으로 유정스런 유혹적 말이다. 슈베르트의 〈겨울나그네〉는 너무 모질고 참담한 어감이지만, 이른 봄 홀로 들길 산길을 가는 흰옷 나그네는 평화로운 농경시대와 더불어 한 폭의 수채화보다 더 시적이다. 발품과 다리품을 팔지 않으면 나그네가 될 수 없었으니 행색의 초췌함은 말할 필요도 없었지만, 그마저도 왜 멋스럽다고 느껴질까. 배산임수背山臨水의 지형을 따라서 마을이 형성되어, 뒷산에 기대어 어머니품처럼 앉은 마을 사람들은 뒷산의 나무로 집을 짓고 가구를 만들어 쓰고 땔감을 마련하고 앞내의 물로 농수와 식수를 조달하며 살아오느라, 마을마다 고개(재, 령,티)를 사이에 두었다. 우리 나라의 어느 마을도 고개 넘지 않는 마을이 없다. 삶 자체가 고개를 넘는 것이었다. 그래서 아리랑고개 쓰리랑고개의 한탄조의 민요가 저절로 생겨날 수밖에 없었을까? 그래서 산길, 들길을 한정없이 걸어야만 했다.

나그네(길손)는 박목월의 시구처럼, 술익는 마을을 이어주는 길을, 실뱀이 기어간 자국처럼 고불고불하고, 대님(남성 바지의 발목께를 접어 묶어 주는 좁고 짧은 끈)같이 좁다랗게 휘어지고 사라지기 일쑤인 길을 끝도 없이 걷는다. 이런 산길을 가다가 고단한 다리를 쉬고 싶을 때, 발길을 멈추고 문득 둘러보다가 거의 무의식적인 순간적 행동에서 한 곳을 택하여 앉게 되는데, 바로 그 곳이 명당明堂이라고들 한다.

품안에서 담배쌈지와 곰방대를 꺼내 대꼬바리에다 썬 담배를 꼭꼭 눌러 채우고, 부싯돌을 부딪쳐 불을 붙여 물고, 땀드리며 둘러보다가, 문득 눈길이 붙잡히는 한 곳. 암만 다시 봐도 묵뫼(제사가 끊기어 잡목과 잡초가 자라서 무덤인지 아닌지를 분간키 어려운 무덤)가 틀림없는 도도록한 곳을 발견하고는, 마른 갈대 숲속에서 연분홍 어린 봉오리가 맺힌 진달래 한 가지를 꺾어서 꽂아 주는 묵뫼가 두견총杜鵑塚이다. 어떤 사유로 후손의 손길이 다한 지 너무 오래된 무덤이 묵은 묘墓, 즉 묵뫼였다. 죽은 자에 대한 산 자의 최소한의 예우가 인간의 도리였던 시절은, 주리고 헐벗고 살았어도 사람답게 사는 사회였으리라. 그런 인정은 산자나 죽은 자를 불문하고 인간다움으로 인식되었으니까.

소월의 진달래꽃도 전설로는 중국 촉나라의 망제望帝가 월나라에 잡

혀 와서 귀국하지 못한 채 죽은 혼이 지펴 우는 새라 하여, 망제혼, 귀촉도
(미당의 시도 있듯이), 불여귀새, 두우망혼<sup>杜宇望魂</sup> 등으로 부르는데, 피를 토
하며 운다고들 했다. 이 새가 울어서 이른 봄 산천에 붉게 진달래가 핀다
하여 진달래꽃을 두견화, 이 꽃으로 담근 술을 두견주라고도 했으니 중화
<sup>中華</sup> 모화<sup>慕華</sup>의 잔재였으리.

'두견이 목에 피빨아 먹듯' 이라는 표현은, 잔인하게 남의 것을 강탈
하는 짓으로 이해했다.


음력 설이 지나면 봄이라고들 했다. 반가<sup>班家</sup>에서는 정월을 원
정<sup>元正</sup> 신정<sup>新元</sup> 맹양신정<sup>孟陽新正</sup> 맹춘<sup>孟春</sup> 춘한<sup>春寒</sup> 춘양<sup>春陽</sup> 청양<sup>淸陽</sup> 이라고
하고, 2월은 춘은<sup>春隂</sup> 여한<sup>餘寒</sup> 중춘<sup>仲春</sup> 도화<sup>桃華</sup> 소한<sup>逍寒</sup> 춘한<sup>春寒</sup> 경한<sup>輕寒</sup> 여월<sup>如月</sup>
이라고도 하며, 3월은 희월<sup>喜月</sup> 계춘<sup>季春</sup> 모춘<sup>暮春</sup> 춘양<sup>春暢</sup> 화우<sup>花雨</sup> 화방신<sup>花 旁辰</sup>
춘천<sup>春天</sup>, 4월은 맥량<sup>麥凉</sup> 맹하<sup>孟夏</sup> 괴하<sup>槐夏</sup> 초유하<sup>初稚夏</sup> 맥추<sup>麥秋</sup> 매우<sup>梅雨</sup>……, 5월
은 유열 단양 유하 주양 포절 하정 중오 천중, 6월은 경염 염천 림열 욕서
성염 복염 혹서 화중으로, 7월은 맹추 신량 노염 만염 조추 로량 오추 중
원으로, 8월은 중추 청량 소추 로화 추량 추천 로랭 추양, 9월은 계추 국추
상령 상한 풍진 중양 허중 국령, 10월은 춘훤 소춘 상동 설호 한호 초설 양
월 삭음, 동짓달은 정동 원영 지한 성한 설한 혹서 맹후 빙호, 섣달은 납월
납호 한모 계통 남한 세초 영한 을한 등의 한자식으로 일렀지만, 상민들

은 언문식으로 편하게 아이들도 알아들을 수 있게 표현하던 시대였다. 그러니 각설이떼의 질펀한 각설이타령은 육두문자$^{肉頭文字}$가 아닐 수 없었다. 더구나 그들은 남녀가 같이 댕기면서 같이 잠자리를 했다.

각설이떼는 동구밖 곳집(상여를 넣어 보관하는 집으로, 흔히 귀신붙은 집이라고 멀찍이 피해 돌아서 다녔다)에서 남녀노소가 같이 자며, 마을로 들어와 구걸을 하거나, 소리를 뽑으며 징 장구를 울리며 마을을 한바탕 뒤집어 놓고는 퍼 주는 곡식을 얻어가서 곳집에서 죽을 끓여 먹었다. 그리고 아무데나 자빠져서 낮잠 자거나, 한가한 때는 볕발에 옷을 벗어 이를 잡았다. 아이들의 머리에는 이가 우글거렸고 서캐가 허옇게 쓸어 있었으니, 얼마나 더럽고 추한 것들이었나 말이다. 악기라고는 다 헐어진 북이나 북채, 징이나 꽹과리, 장구 등이었으며, 그나마도 우그러지고 찢겨지고 거덜이 날대로 난 것들이었다. 비가 오면 노다지로 차가운 봄비를 눗날로 맞았고, 추우면 불을 피우다가 곳집을 살라먹고 도망치기도 했다. 그런 각설이 품바떼는 어디서 겨울을 났는지, 봄이면 영락없이 찾아와서 온동네를 뒤집어 놓고, 흔들어 놓고, 넋을 빼 놓고 산너머로 사라지곤 했다.

그렇게 어릴 적 나의 봄은 각설이떼가 몰고 왔다. 아니면 머슴의 지게 위에 꽂힌 진달래 꽃가지로 왔거나. 동구밖에서 가까워지는 각설이타령은 기막힌 두근거림으로 마을을 흔들어 겨울잠을 깨웠다.

얼씨구 씨구 들어간다/저얼씨구 씨구 들어간다/이내 몸이 이래뵈두/정
승판서 자제로서/진사급제 마다하고/각설이로 돌아섰다/일자나 한자
들구나 보니/일편단심 우리낭군/해방이 되면 돌아온다네/이자나 한자
들구나 보니/이승만은 대통령/아주사는 걸뱅이 동포/삼자나 한자 들구
나 보니/제비오는 춘삼월에도/그옛임은 안돌아오네/사자나 한자나 들
구나 보오니……

자알 헌다 잘헌다/품바 품바 잘헌다/초당짓고 헌 공부냐/실수도 없이
잘헌다/동삼 먹고 배웠냐/찐기있게도 잘헌다/기름 동이나 먹었냐/미
끈 미끈 잘헌다/목구멍에다 불을 혔냐/훠언어게도 잘헌다/뱃가죽이 두
꺼운가/일망무제로 나온다/네가 저리 잘헐진데/네 선생은 오죽허랴/
네 선생이 누구이냐/네 선생이 내로군나/목은 조곰 쉬었어도/아나리가
일쑤로다/주제꼴은 꼴불견이나/들은 멋은 다 들었다/어품바 잘헌다 /
얼씨구 씨구 잘헌다/목 쉴라 목쉴라/대목장에 목쉴라/대목장에 목이
쉬면/열두 식구가 다 죽는다(다 굶긴다)/가만 가만히 섬겨라/네 못허면
내가 허마/어품 바 잘헌다/품바 품바 잘헌다.

작년에 왔던 각설이가/죽지도 않고 또 왔오/어얼씨구 씨구 들어간다 아
/저얼씨구 씨구 들어간다/미끈 미끈 들어간다아/쑤꾼 쑤꾼 들어간다아
/각설이라 먹설이라/동서리를 짊어지고/죽지를 모허고 또 찾어왔소.

뚜루르르르 뚜르르르르 장타령/흰오얏꽃 옥과장/누른 버들 짐제(김제)장/부창부수 화순장/시화연풍 낙안장/꾹숫았다 고산장/철철 흘러 장수장/삼도도회 금산장/일색춘풍 남원장/심지 오리에 장성장/에고대고 곡성장/오날가도 진안장/코풀었다 홍덕장/주인은 있어도 무주장/술맛은 싱거워도 전주장/물을 석거도 원주장/탁주를 마셔도 청주장/돈내고 마셔도 공주장/맨술(깡술)을 마셔도 안주장/이장 저장 댕길적에/뉘릿뉘릿 황육전/펄펄 뛰는 생선전/울긋불긋 홍화전/보들보들 비단전/파삭파삭 담배전/얼거덜걱 옹기전/딸각딸각 나막신전/호호맵다 고초전/어서가자 어서가/오란데는 없어도/우리 갈길은 바쁘요/놀부 샌님 이가게 헙시다요오.

어얼씨구 씨구 들간다/저얼씨구 씨구 들간다/자악년에 왔든 각슬이들/죽지도 않고 또 왔소이/전라도 맹창 전한랭이/충청도 맹창 추한랭이/박실 선비 유한랭이/강원도 감재바우 강한량······ 니북 팔도의 이팔랭이/죽지도 않고 또 오와쏘이/지픈 옛정분 못잊어서/죽지도 모허고 또 오와쏘이······

작년에 왔든 각설이/죽지도 안하고 또 왔네/또와서 미안코 죄송허네/에헤이이헤헤이이 들어간다/어디루 들가노 말해라/구녕으로 들가제 어디냐/말하믄 승거운 구녕이제/또옹구녕 십구녕 입구녕 콧구녕 귓구녕 밥구녕 눈구녕 앞구녕 뒷구녕 안가리고/뚫린 구녕이믄 다 조옷타/일자나 한자나 들

구나 보니/일본나라 망홀 나라 마웅해서 없어지그라/이자나 한자나 들구
나 보니/이등박문 직일 눔아/우리 조선 황후마마 살려내놔라/사아암자나
한자나 들고 보니/삼월이라 초하룻날/탑골공원에 독립만세/사자나 한자
나 들고 보니/사월이면 초파일날/불공드리라 절로 간다/무신불공 들라카
노/조선 독립불공 드리야지러/그다음은 내서방님 불공/타관만리 밖 옥체
만강/그다다음이 생남 불고옹/오자나 한자나 들고 보니/오월이나 단오날
에/남원광한루 성춘향이/이몽룡이랄 지다린다/육자나 한자나 들고보니/
육시리하안 놈 왬몸순사/우리 유관순 끌고 간다아/치일자나 한자나 들고
보니/칠월에도 칠석날에 견우직녀 오작교에/은하숫물 불퀴낸다아/팔자나
한자나 들고 보니/팔월 한가웃날 휘영청 달밤에/쾌지나 키칭칭 나아네(팔
자나 한자나 들고 보니 이내 팔자 개팔자 먹고 자고 상팔자)/구자나 한자나 들고
보니/굿이나 한판 구경하고/떡이나 실컷 얻어먹자아/십자나 한자 들고보
니/씨팔 새끼 왜놈새끼들 조선 처자 다 잡아간다.

조금씩 다른 각설이패가 몇 차례 댕겨가고 나면 마을마다 깊은 겨울
잠을 털고 깨어 봄농사를 시작한다. 아쟁쟁 아쟁쟁 울리는 무한 자유인들
의 목소리! 지금처럼 배불러서 기름끼인 목소리가 아니었지. 나오는 대로
뱉어 내는 상민들의 원형시가 아니었을까?

홰홰 **친친** 가물현
불타졌다 **누루황**

하날 천 따따 지
가마솥에 누룽지
바악 바악 긁어서
니캉 내캉 나눠 먹자

하날 천 할애비
따 지 따따 지
가물 현 가물 가물
누루 황 누리 팅팅
벼얼 진 자알 숙
질룩 잘숙 잘룩 잘숙

질록 잘록 절룩 졸록

　　일곱 살이 되면 남녀를 한자리에 앉게 하지 말고, 입는 옷도 더께 걸지 말며, 머리 빗는 빗도 함께 쓰지 말고, 남자아이는 사랑방이라는 남성 공간에서 기거하고, 여자아이는 안방과 안채라는 여성공간에서 기거하도록 《소학小學》〈입교入敎〉 편은 가르치고 있다. 《소학》은 중국에서 문물이 가장 흥했던 세 나라, 즉 하夏, 은殷, 주周 삼대에 걸쳐 아이들을 가르치는 법이었는데, 이 책이 조선시대 아이들의 초등교육 독본으로 사용되었다.

　　무슨 근거에서인지는 모르나, 이렇듯 일곱 살은 남아에게는 글공부를 시작할 연령이었다. 일곱 살을 전후하여 아이들은 형이나 연상의 친척들이 글 읽는 것을 귀동냥하여, 위의 동요를 지어 부르며 골목을 뛰어다녔다.

　　소아마비 같은 병을 앓아 다리를 좀 절면, 이런 천자문 노래 끝에 '별 진, 자알 숙, 별 진, 잘 숙, 별 진, 잘 숙' 하며 다리 저는 흉내를 내며 놀려대기도 했으니, 요즘 안목으로는 지체장애자에 대한 일종의 집단학대이기도 했다. 그래서 필자의 친척 할배 한 분은, 저는 다리로는 어른의 체통이 서지 않는다고 여겼음인지, 나귀를 타고 다니셨다. 우리는 그 할배가 나귀를 타고 종자를 앞세우고 지나가시면, 별 진 잘 숙 할배 가신다고 캘캘거리며 웃어댔으나, 할배는 "으으음 고이연 것들이로고!" 하고 한 마디 하시곤 했을 뿐이다. 후에 도시로 나와서 중학교에 다닐 때, 예쁜 가사과목 선생님이 다리를 살푼 절으셨는데, 우리는 그 선생님의 별명을 '별 진 잘 숙'이라고 붙였다가, 이내 더 멋지게 서양식으로 '라 콤파르씨타'로 바꾸었다.

부채를 펼쳐들고
쳐다보니 하날 천
날라보니 따아 지
홰홰 친친 가물 현
황당하다 누루 황
마눅 병정 초목 풍
채석 강선 낙원 풍
일지 홍도 낙마 풍
제갈공명 동남 풍
어린 아이 만경 풍
늙은 영감 변두 풍
광풍 대풍 병풍 중풍 춘풍 추풍
허다한 풍자랄 다 어이 알리요오……

이 동요는 앞의 것보다 좀더 자란 아이들이, 적어도 《삼국지》나 《초

한지》정도를 귀동냥으로 주워들은 적이 있는 아이들이 불렀다고 봐야
하리라. 그러나 좀더 자란 한창 사춘기의 청소년들이 불렀던 노래는 그야
말로 속요<sup>俗謠</sup>였다.

> 너는 죽어 글자 되되
> 따나 지<sup>地</sup>자 그늘 음<sup>陰</sup>자
> 아내 처<sup>妻</sup>자 계집 녀<sup>女</sup>자 변이 되고
> 나난 죽어 글자 되되
> 하날 천<sup>天</sup>자 지아비 부<sup>夫</sup>자
> 사내 남<sup>男</sup>자 아들 자<sup>子</sup>자 몸이 되야
> 계집 녀<sup>女</sup>변에다 딱 붙쳐서
> 조을 호<sup>好</sup>자로 만나보자 사랑사랑 내 사아랑 이이야아……

　이렇게 글공부 천자문 공부를 가지고 속요를 지어 부르다가,《천자
문》,《동몽선습》,《소학》등의 초급과정을 떼고,《논어》쯤으로 들어가면
이미 보정<sup>保精</sup>이라는 생리철학공부도 기대되었던 바, 이몽룡이 만큼이나
유식해진다. 그래서 다음과 같은 천자풀이노래를 불러 제꼈다.

> 높고 높은 하날 천 짚고 짚은 따아 지
> 홰홰 친친 가물 현 불타졌다 누루 황

천개 자시 생천 하니 태극이 광대 하날 천天

지벽어 축시 하니 오행팔괘로 따앙 지地

삼십 삼천 공부공이 인심지시 감을 현玄

이십 팔시 금목 수화도 지정색 누루 황黃

우주 일월 중화하니 옥우 쟁연 집 우宇

연대 국토 흥성쇠 왕고 뉘금 집 주宙

우치 홍수 기자초의 홍범구주 너를 홍洪

......

조강지처 불한당 아내 박대 못하나니 대전통편 법중 율律

군자 호술 이 아닌야

춘향 입 내 입을 한태다 대고 쪽쪽 빠니 법중여呂자 이 아닌가

춘향과 나와 단둘이 앉어

법중 여자로 놀아나 보자아......


조선시대는 천자문의 '남효재량男效才良이요 여모정절女慕貞節이라' 는 글귀대로 자녀를 키웠다. 즉 남아는 재능을 키워 효험을 봐야 하지만, 여아는 정절만 사모하면 된다 하여 글을 가르치지 않는 것을 원칙으로 했다. 선대 국호와 조상의 이름자만 알면 충분하다고 본 것이다. 남아는 서당공부나 독사장獨師長 즉 가정교사 같은 훈장을 집에 고용하여, 입신양명立身揚名에 필요한 글공부를 본격적으로 시켰다. 물론 가세가 빈한한 경우는 부친이나 조부가 초보적인 글공부를 담당하기도 했지

만……. 서당은 초등교육 기관으로써 오랫동안 전통사회의 아동교육을 담당하였는데, 대체로 다음과 같은 종류가 있었다.

가장 흔한 형태가 훈장 독영서당訓長 獨營書堂으로, 훈장訓長이 아동교육에 대한 자신의 뜻을 실천하면서 자신의 생계를 유지하기 위하여 설립한 서당이었다. 대개 훈장이 사는 집의 큰 방 한 칸이나 마루를 서당으로 사용하는 특징을 보였다. 이때 훈장은 스스로 훈장감임을 자부하고, 서당 소재 마을의 주민들로부터 훈장으로서의 자질과 자격을 인정받을 수 있는 사람이었다.

유지 독영 서당有志 獨營 書堂도 있었다. 가세가 넉넉한 지방의 유지有志들이 비용을 모아서 운영하는 서당이었다. 즉 자기 집안과 마을의 아동교육을 위해, 훈장을 초빙하고 그의 급료를 부담하는 서당이었다. 대체로 이런 특징의 서당이 있는 지방은 반촌班村, 즉 동조同祖 후손들이 모여 사는 집성촌集成村으로써, 가세가 어려운 아동들이 대개 유지들의 집안 친척이므로, 그들을 무료로 가르치도록 하거나 가난한 친지의 자제에게는 수업료를 무료로 해 주면서, 훈장의 급료와 서당 유지 비용을 유지들 자신이 부담하는 운영방식을 취했다.

유지 조합 서당有志 組合 書堂도 있었다. 마을의 유지 한 사람이 서당 운영 비용을 전담하기가 힘들 경우, 몇몇 유지들이 공동으로 모금하여 훈장을 초빙하고 서당 건물을 세내거나 매입하여 마을의 아동들이나 자신들의 아이들과 일가친척의 아동들을 가르치는 서당이었다.

촌조합 서당<sup>村組合 書室</sup>도 있었는데, 마을 전체가 아동교육을 위해 조합을 만들어 마을주민 모두가 조합원이 되어서, 훈장의 급료와 서당 건물 사용과 운영비를 공동 부담하는 서당이었다. 그래서 마을주민의 남아들이면 무조건 글공부를 하러 다닐 수가 있었다.

무료 자영서당<sup>無料 自營書室</sup>도 있었는데, 동족<sup>同族</sup>마을 즉 집성촌이 많은 영남 지방에는 해방 후까지 존속했던 글방이었다. 문중이나 마을에서 학식과 학문이 높은 어른이, 자신의 문중 발전을 위해서 문중이나 마을의 아동들을 모아 무보수로 가르치는 서당이었는데, 주로 자신의 집 사랑방이나, 여름철에는 대청마루를 글방으로 사용하였고, 마을의 정자<sup>亭子</sup>를 이용하기도 했다. 이런 글방에 다니는 아동들의 부모는 주기적으로 감사의 표시로, 철따라 자기 집에서 따는 과일이나, 제사<sup>祭祀</sup>나 명절<sup>名節</sup> 후의 별식이나 절식 같은 음식을 훈장에게 보내기도 하였고, 이런 표시도 할 수 없는 형편이면 훈장 댁의 일손을 돕거나 훈장의 의복 빨래, 글방의 청소와 군불때기 등 잡일이나 땔나무를 순번제로 제공하기도 했다.

　독사장獨師長을 뫼셔서 자손들을 공부시키는 대갓댁 부잣집도 있었다. 소위 입주 가정교사제라고도 할 수 있는데, 학문이 도저한 훈장을 집에 뫼셔서 침식 기거를 함께하며 자손들의 글공부를 전담시켰으니, 개인 교수였다. 따라서 고가의 보수와 사례로 훈장 대접을 하였으며, 개명開明된 집안에서는 내외법內外法에 저촉되지 않는 범위에서 여아들의 문자공부도 겸했다. 즉 장지문 밖이나 미닫이문을 사이하고 외간남자인 훈장과는 내외하면서도, 아들들이 배우는 책을 가지고 훈장이 가르치는 소리만 듣고 공부하게 하였으니, 글공부를 하지 않고는 곧 시집을 잘 갈 수도 현모양처가 될 수 없음도 알았기 때문이다. 가히 '서까래감 아들도 있고 기둥감 딸도 있다' 는 속언을 믿는 부모들은 여아에게도 이렇게 글공부를 시켰으니, 앞의 속요는 여아들도 불렀으리라.

# 저리가면 전주구유
# 강건너면 강경이구만유

봉준아 봉준아 전봉준아
(개남아 개남아 진개남아)
양어깨에는 양철을 지고
놀미 갱갱이 패전했네.

가보세나 가보세나
을미적 을미적 가보세나
병신 되면 못 간다네
을미적 을미적 가보세나.

첫 노래는 동학혁명 때 관아에서 지어 퍼트린 노래라는 설도 있는 속요 또는 참요로서, '놀미'를 논산으로, '갱갱이'를 강경으로 한 토박이 표현이었다.

다음 노래는 동학혁명이 갑오년에 발단했음을 '가보세나 가보세나'로 표현했고, 을미년까지도 이어졌음을 '을미적 을미적' 거리는 느린 행동 묘사로 표현했음이라고 한다. 또한 병신년까지 지속된다면 하는 가정假定을 '병신 되면 못 간다네'라고 표현한 노랫말이었다고 한다.

이런 유사발음의 노랫말은 오랫동안 사용되어 왔다. 고려 말의 이성계는 위화도 회군回軍을 주도하면서, 군사들에게 '나무아들 나라 얻네'라는 노래를 지어 퍼트려 부르게 했다고도 전해지고, 그 이전 삼국시대에도 '백제는 둥근달이요 신라는 초승달이라'라는 노래가 떠돌았다고 했다. 즉 이성계의 이李씨는 나무 목木과 아들 자子가 합쳐진 글자이니, 나무아들이 나라를 얻으면 이씨 왕조가 일어나서 고려 왕王씨 왕조가 망한다는 뜻이다. 또한 백제는 둥근 달이면 기울어져 그믐달이 될 수밖에 없으니 망하고, 신라는 초승달이니 보름달이 될 수밖에 없으므로 앞길이 양양하다는 뜻이다. 터키 국기에 초승달과 별 한 개가 그려져 있는데, 이 초승달 역시 보름달로 발전한다는 뜻이리라.

'맛장시'가 되어 아이들에게 마를 캐어 뇌물로 바치면서 서동요를 지어 부르게 하여, 선화공주를 아내로 맞은 백제 무왕의 고사도 있다.

숙종조에는 김만중이 지어 퍼트러서 숙종으로 하여금 폐서인 인현왕후를 복위시키게 한 노래 '미나리와 장다리' 가 있었다. 민씨인 인현왕후를 미나리로, 장희빈을 장다리로 비유한 노래였으니, 곧 숙종이 미복차림으로 민정시찰을 다니는 밤 시간에 맞춰 아이들로 하여금 '미나리는 사철이요 장다리는 한 철이라' 라고 부르게 했다고도 전해진다.

사춘기적 대전에서 자랄 때였다. '채소장시' 아주머니들이 골목마다 외치고 다니며 채소를 팔 때였다. 채소장시 아주머니는 묻지 않아도 자기소개를 곧잘 했다. 6·25 때 남편이 상이군인이 되었거나 행방불명 된 과수댁들이었는데, 이들은 머리에 채소를 이고 행상을 다니면서 시부모 봉양은 물론이고 시누이와 시동생들과 자녀의 학비까지 감당하는 억척 여장부 가장들이었다. 이들은 한 번 사 준 집은 번번이 방문하여 점심도 대접받곤 했는데, 점심상이라야 밥 한 그릇과 수저만 한 벌 걸쳐 주는 정도였지만, 황송해하면서 재담을 늘어놓아 밥값으로 웃음을 선사하곤 했다.

시집이랑고 가보니께유우
암만 요렇고롬한 데가 아니겠시유우
저리 가면 전주구유

이리 가면 이린데유

밭둑길로 가면 한밭(대전)이구유

논둑길로 가믄 논산이지유

강 건너면 강경이더라구유우.


처음 몇 번은 이런 우스개로 점심값을 치르는 듯하지만, 친숙해지면 한마을에서 함께 장사 나온 아낙 두엇을 데려오기도 했다. 서로 다른 채소를 파는 탓에, 골고루 사게 하자는 배려에서였다. 그러자니 아낙들은 용기도 생겼음인지, 깔깔대는 소리를 더 늘어놓곤 했는데, 그 입담이 실로 기막혔다. 한 아낙이 입을 열면, 다른 아낙이 이어가고, 다음 아낙이 다시 받아내는 재담은, 힘들고 고된 그들의 생활에 무슨 청량제가 되어 주곤 했을까? 총기 있던 어릴 적이었고 하도 우습고도 자주 들어서 잘도 기억했는데, 이제는 많이 잊어버렸으나 생각나는 것들을 건져 보면 대강 다음과 같다.


고리 가면 고부땅이지만유

그리 가면 금산이라유

조리 가면 조치원이유

요리 가면 용미리래유

질러 가면 진잠면(계룡산 부근의 진잠면 놋젖골)으로 가구유

둘러 가면 둔내천이지유

신작로로 가면 신탄진이 나오구유

돌아가면(혹은 도라꾸타면) 도마동이 나와유


앞으로 가면 안면도구유

뒤로 가면 뒷골말(마을)이라유

올라가면 오르막인데

내려 가면 내리막이지라유

안으로 가면 안골이구

밖으로 가면 박달재라유

옆으로 가면 염전이구유

대로로 가면 대천이지유

소로로 가면 소금밭인디유

좌로 가면 재실로 가구유

울(우)로 가면 우리집이구만유

모로 가면 모악산이유

바로 가면 방파제가 나우구유

거꾸로 가면 거머리논이라유


이고 가면 이삿짐되야도

들고 가면 단봇짐이지유

지고 가면 부대<sup>負袋</sup>짐이구유

보재기 싸면 보따리라유

가방을 싸면 가망질(몰래 도망질)이구유……


　　지금까지의 연구 결과에 의하면 지능에는 남녀의 성차가 없고, 다만
남성은 기계 적성 등에서는 여성보다 우월하지만, 언어 적성에서는 여성
이 남성을 월등 앞지른다고 한다.

　　오래 전 하버드 대학교의 신입생 적성검사에서 남학생들이 기계 적
성보다도 언어 적성에서 높은 점수를 얻은 현상이 나타났는데, 거의가 중
산층 이상의 가정 출신이었다고 한다. 이런 결과는 2차대전 후 군복무나

전사 등으로 아버지 없이 자란 남학생들이, 여성인 어머니와의 잦은 대화를 통해 남성적 적성보다는 여성적 적성인 언어 적성이 두드러진 때문이라고 해석했다. '여자는 입이 싸다', '여자 셋만 모이면 접시가 저절로 뒤집어진다'는 옛말이 사실무근의 허언虛言만이 아닌 것을 하버드 대학의 학생생활 연구소가 증명한 셈이 된다.

"그런데, 왜 세계적인 문호文豪들은 거의가 남성들인가요?"

대뜸 이런 질문도 나올 만하지 않은가? 그럴 때는 이렇게 대답해야 한다.

"인류역사는 오랫동안 남성들이 지배해 왔다. 그러자니 남성작가들이 많이 나왔고 여성들은 글쓰기 등에 종사할 기회가 없었기 때문이다. 한 예로 프랑스의 조르주 상드가 있다. 불과 근세에 속하는 그 시대에도 남성이 아니면 글을 아무리 잘 써도 인정해 주지 않아서, 조르주 즉 영어의 George 라는 남자이름을 가명假名으로 하여 작가가 되었지 않는가. 그렇지 않았다면 여성 문호가 월등 많았을 것이다"라고.


나의 시어 선생님은 우리 어머니셨다. 어머니는 '빨갛다'를 표현하실 때에도 '빨강, 발그레, 볼도그레, 뽈또꼬레, 붉구죽죽, 싯뻘건, 바알갛게, 깜붉그스름한, 쌔빨그란, 발그레레, 뽈고족족, 발그조로케, 벌건, 불뚜꾸름한, 불끌름히……'등으로 문맥과 정황에 더할 수 없이 적절한 어휘로 묘사하였다. 그 많은 표현들을 못다 기억하는 것은 단순한 표준어를 공부한 탓이 아닐까?

어찌 내 어머니만이랴. 이 땅의 모든 어머니들, 아니 여성들은 한 분 같이 비유와 은유 제유 등의 명수들이었으리. 그 숱한 우리의 순수 모국어가, 서울 중산층의 언어라는 표준어로 하여 말살되고 말았음에랴.

대학시절에는 마산에서 살았다. 방학 때 집에 가면, 그곳 사투리에 귀가 번쩍 뜨이곤 했다. 특히 교회 교우들(주로 여성들)의 심방 후 재담이 안 잊혔다.

"ㅇㅇ사돈하고 ××사돈이 가막소(감옥)에서 만났다 안 카나."

'사돈이 여긴 왠일로?'
'길 가다 보이 새끼줄이 흘렀길래, 쓸 만하다 싶어서 고마 보갑(속주머니 속)에 손 넣어 왔디마는, 아, 황소가 한 마리 안 따라왔디이요. 그래 쇠도적 눔으로 안몰렸으예. 그란데 사돈은 워쩌고 워떻게간?'
'내도 말시더. 아 글시, 심심하길래 어슬렁 어슬렁 걷다 보이 국제시장이라. 양복집이 비길래, 떠억 들가서 한 불을(한 벌을) 입어 보이 따악 맞는기라. 그래서 입고 왔디마는, 외상이요! 라꼬 한마디 안카고 왔디마는, 양복 쌔빗따고(도둑질했다고)ㅡ. 그래서 안 왔느가믄ㅡ.'

이런 재담으로 가득 모인 방 하나를 들었다 놓았다 하며 웃겨댔다.

이런 여성적 재치와 유머와 위트감각이, 동족상잔의 비극으로 혈육과 재산을 잃고, 참담하게 살아가는 비극적 생활의 짐을 홀로 지고서, 넉넉하고 희망적 앞날을 씩씩하고 낙천적으로 그리며 살아내게 만들었으리라. 이런 감각이야말로 젖먹잇적부터 어머니와 할머니의 젖가슴을 마음껏 향유하며 자랐을 적에 형성된 구강적 성격, 즉 기본적 신뢰감이 아니었으랴.

# 담방구야 담방구야
## 동래나 울산에 담방구야

담방구(담배)야 담방구야 동래나 울산에 담방구야
너의 국國은 어떻관데 우리 국엔 왜 나왔나
은을 주려 나왔느냐 금을 주려 나왔느냐


담방구씨를 가지고 나와

여기 저기 저 남산 밑에 훌훌 살살 뿌려 놓고

낮이어든 찬 냉수 주고 밤이어든 찬 이슬 맞아

겉에 겉잎 다 제치고 속에 속잎 척척 접어

네 귀 번듯 은장도로 어슷비슷 곱게 썰어

소상 반죽 열두 마디 모양나게 맞춰 놓고

청동화로 백탄 숯을 이글이글 피워놓고

담배 한 대 먹고 나니 목구멍에서 실안개 돌고

또 한 대를 먹고 나니 용문산 밑에 안개 돈다


춘아 춘아 옥단춘아 찬물 한 그릇 떠다 묵자

언제 보든 임이라고 찬물 한 그릇 달라느냐

지금 보면 초면이요 이따 보면 구면인데

저기 가는 저 마누라 딸이나 있거든 사위 삼소

딸이야 있긴 있다마는 나이가 어려서 못 삼겠네

여보 마누라 그런 말 마소

호초가 작아도 맵기만 하다오

참새가 작아도 알만 깐다오

제비가 작아도 강남을 간다오


춘아 춘아 옥단춘아 너그(너의, 네) 아메 어델 갔노

일본 땅 대판으로 보국대로 끌려갔제

춘아 춘아 옥단춘아 너그 오라배 어델 갔노

남양군도 그 어데로 총알받이로 끌려갔제

춘아 춘아 옥단춘아 너그 오랍지 어델 갔노

북만주 그 어데로 독립운동 하러 갔제

춘아 춘아 옥단춘아 너그 어메 어델 갔노

소금 팔러 장에 갔지 소금 팔아 보리 사서 죽 쒀 먹으로 가았지

춘아춘아 옥단춘아 너그 어메 어델 갔노

재 너머 외갓집으로 양식 구하러 갔제


　　개화기에 유행하여 불리던 속요 중의 하나이다. 시인 김영무 교수가 폐암으로 3년 넘도록 투병하다가 타계한 이후, 문단에서도 금연하려는 분들이 늘고 있다고 듣는다. 폐암뿐만이 아니라, 담배는 모든 종류의 암은 물론이고 각종 질환의 원인이 된다고 알려지면서, 금연의 필요성이 강조되고 금연빌딩이 늘어나고 있다. 멋과 풍류의 상징처럼 되었던 애연이 기피되고 있는 것이다. 특히 담배와 글쓰기는 불가분리의 관계처럼 인식되어 왔는데, 시상이 떠오르지 않을 때 시인들은 흡연 유혹을 어찌 물리칠 수 있을지 심히 걱정스럽다.

　　담방구라는 이름으로 담배가 우리 나라에 처음 들어온 때는 조선조 선조조宣祖朝라고 한다. 아마 선조 말년쯤이 아니었나 싶다. 그러나 담배가 전해지자마자 즉시 유행된 것은 아니었던 모양이다. 선조 임금 다음의 광해군은 담배냄새를 몹시 싫어하여 광해군 앞에서 담배 피우기는 삼가하게 되었는데, 이렇게 광해군이 담배 연기와 냄새를 싫어한 탓으로, 윗사

람 앞에서는 담배를 피우는 것은 예의가 아닌 것으로 굳어졌다고도 전해진다.

담배는 일본을 통해 우리 나라에 들어왔다고 전해지는데, 일본은 담배를 서양 이름 그대로 타바코라고 불렀고, 우리는 우리 식으로 담방구라고 불렀던 모양이다. 일설에는 야소교(예수교)와 함께 중국의 북경에서 들어왔다고도 하는데, 임진왜란 때 들어와서 양반가의 관리들이 즐기는 기호품으로 권위의 상징이 되었다고도 한다. 그래서 담배는 윗사람 앞에서 피우는 것을 삼가게 되었다는 것이다.

또 다른 설에 의하면, 옛날 중국에 콧병이 유행하였을 때 담뱃잎을 구해 코를 막아서 치료를 했다고 하여, 담배를 피울 때 담배 연기를 코로 내어 뿜게 되었다고도 전해진다.

이런 저런 설들이 있지만, 담배와 관련된 매우 로맨틱한 이야기도 하나 전한다. 어느 고을에 어여쁜 기녀가 있어, 그 고을에서 가장 잘 생긴 젊은 선비를 사모했다. 그러나 그 선비는 멋대가리 없기가 짝이 없던 사람이었던지, 자기를 사모하여 애만 태우는 그 기생을 조금도 마음에 두지 않고 오직 글만 읽었다는 것이다. 그 기생은 마침내 상사병으로 죽으면서 선비와 입맞춤이라도 한번 해보기를 소원하였는데, 그래선지 그녀가 죽어 묻힌 무덤가에서 돋아난 풀이 옆연초, 즉 담배풀이라고 한다. 어느 날 우연히 그곳을 지나가던 그 선비가 자기를 사모하다가 죽은 그녀를 측은

하게 여겨, 무덤가에 핀 담배풀을 뜯어 입에 물고 다니다가, 마침내는 입
으로 피워서 그 기생의 소원은 죽은 후에야 이루어졌다는 이야기가 있다.

위의 담방구 노래는 동래나 울산의 담방구야라고 한 것으로 미루어,
아마도 왜국 즉 일본을 통해 수입된 담배인 듯 짐작된다.

담배는 점차 즐기는 사람들에 의해 다양한 길이와 모양의 담뱃대의
놋쇠 또는 백동 대꼬바리에 담겨서 애용되었다. 부와 귀를 고루 갖춘 대
갓댁의 대감마님이나 나으리들은 긴 담뱃대를 즐겨 물고 멀찍이서, 웃방
아기(어린 동녀로, 연로한 대갓댁 사랑노인의 이부자리나 요강 및 타구를 비우
는 일 등을 시중드는 아이)나 아랫것들에게 대꼬바리에 담배를 갈아넣도록
하면서 음풍농월을 즐겼으리. 그래서 담뱃대의 길이가 권위의 높이를 상
징한다고도 보았다. 담뱃대의 한 끝에는 놋쇠나 백동의 빨뿌리가 물려 있
어서, 십장생<sup>+長生</sup> 등 오래 산다는 것들의 각종 문양이나 글자를 넣어 새겨
서 멋을 부리기도 했는데, 그림이나 수복강녕<sup>壽福康寧</sup> 등의 축언글자나 문양
을 대꼬바리와 빨뿌리에 동일하게 새겼다.

담뱃대가 짧으면 곰방대라고 하여 신분이 낮은 남정네들이 주로 피
웠다. 따라서 담뱃대의 길이는 신분의 상징이었고, 아랫사람들은 손윗분
즉 어른들 안전에서 담배를 피울 수 없어서, 담뱃불을 서로 주고받을 수
있는 사이는 동무할 수 있는 사이라고 했다. 담배는 주로 남성 성인들이
피웠으며, 나이든 안노인들도 피웠고, 아직 자라는 중의 아이들은 피를

말리는 성질의 것이라 하여 금기시하였다. 개화기 또는 일본강점기에 소학교에 늦게 들어간 학생들은 주로 결혼도 한 남성들이었지만, 학교에서나 선생들 앞에서 담배질이 금지되었다. 이런 저런 연유로 남자아이들은 성인이 되었음을 나타내기 위하여 담배 피우기를 배우기도 했다. 따라서 담배를 피우는 남학생들은 다 자라서 여학생과 연애도 할 수 있었으며, 학교와 사회와 가정은 이를 불량기로 보아서 흡연학생을 불량학생으로 부르기도 했다.

남학생들이 아무리 어른 흉내를 내느라고 담배질을 해도 장가들기 전에는 어른이 될 수가 없었다. 조선조에는 나이 마흔이 넘어도 장가를 못 갔으면 댕기물린 머리꼬리를 늘어뜨리고 다녀야 했다니, 담방구만 피울 수 있으면 뭘 해. 장가를 가지 못하고 죽으면 어른이 아니었다고 하여 제사도 지내주지 않았는데⋯⋯.

반대로 아무리 어려도 장가만 들면 어른이 되었다 하여 상투를 틀었으니, 일고여덟 살의 아기신랑이 바로 버젓이 갓 쓰고 다닌 어른이 아니었던가. 어른이 되었다는 상징으로 장가를 들리면 귀신도 만만한 아이로 보지 않아서 오래 산다고 하여, 조혼<sup>早婚</sup>의 풍속이 유행했다지.

말 탄 신랑 꺼어 떡

가마 탄 신부 꼬오 땍
말안장 우에 사모 쓴 신랑
가마 안에 요강 탄 신부

장가가는 모습을 그린 이 속요도 완전하게 전해지지 않는다. 이는 도중에 사라진 부분이 있는 탓도 있고, 미완성의 속요로서 원하는 이들이 얼마든지 더 첨가할 수 있도록 된 것이 전래속요 및 부요<sup>俚謠</sup>와 동요의 특징이라고 한다.

신랑이 말을 타고 처가댁으로 장가를 들어서, 삼일(주로 3일 신행을 했음) 또는 며칠 뒤에 신부를 거느리고 본가로 가는 모습이다. 즉 아이로 와서 장가를 들어 처를 거느리고 당당하게 어른이 되어 돌아가는 모습이다. 이를 신행<sup>新行</sup>이라고 했다. 말안장 위에는 사모를 쓰고 관대를 허리에 두른 혼례복을 입은 신랑이 앉아 있고 가마 속에는 족두리 쓰고 활옷을 입은 신부가 마려운 소변을 못 참고 요강을 타고 앉았을 것으로 본 짓궂은 노래이다.

신부가 타고 가는 가마는 주로 네 사람이 메고 가는 4인교였는데, 가마 속에는 당장 가마 속에서 신부가 쓸 것들을 넣었다. 필수적인 것이 요강이었으니, 남정네들이 메고 가는 가마 속에서 용변처리에 대처한 것이다. 요강은 주로 놋요강으로서 매우 컸다. 요강이 클수록 신부의 다산력<sup>多産力</sup>이 과시되었다고 한다. 놋요강에 소변을 누면 가마를 메고 가는 교꾼들이 놋요강에 부딪치는 '오줌' 발소리를 알아차리게 될까봐, 요강 속에는 솜이나 콩 또는 팥, 녹두 같은 곡식을 반쯤이나 넣었다. 그래서 소변을 보더라도 소리가 나지 않도록 했을 뿐만 아니라, 가마가 출렁거려도 오줌이 쏟아지지 않도록 한 것이다. 이렇게 된 요강 속의 콩이나 팥 등은 버리지 않고 물에 담가 두었다가 오줌을 뺀 다음 먹는 용으로 요긴하게 쓰였다고 한다. 물론 곡식이 귀하던 시절이었으니 매우 그럴듯한 아이디어였다고 본다.

아앗따! 디게 멀구마이!

교꾼들이 한창 나이의 젊은 색시를 메고 가자니 얼마나 무거웠겠는가. 게다가 요강 속의 콩도 팅팅 불어서 무게는 더 무거웠을 테니⋯⋯. 그래서 저만치 돌아서 갈 산머리나, 건너서 가야 되는 두물머리(양수兩水)가 보이고, 대기시켜 둔 뱃머리라도 보이면, 성질머리가 있는 대로 생겨서, 교꾼들은 저들끼리 티격태격했다. 밴댕이 속알머리라느니, 체신머리 없이 함부로 내뱉는다느니, 주변머리 없는 사람이라서 간밤의 베갯머리송사(아내가 잠자리에서 부탁한 것)가 아직도 안 풀렸다느니, 밥상머리에서 하던 짓을 또

한다느니, 길머리서부터 알아봤다느니……. 서로들 불평을 하느라, 요강을 타고 앉은 신부는 출렁거리는 가마 속에서 안절부절을 못하게 된다고도 했다. 물론 후일담으로 교꾼들은 아무개 댁 새댁의 오줌발이 얼마나 센지 폭포수가 쏟아지는 줄 알았다느니, 아직도 귀가 멍멍하다느니 하고 상스러운 소문도 냈는데, 이런 경우는 교꾼들에게 건네는 푼돈이나 술사발 같은 대접이 신통치 못했을 때 더욱 심했다고 한다.

아무튼 이런 속요는 매우 짓궂기는 하지만, 전래의 풍속을 세세히 알려주기에는 안성맞춤이라 할 수 있다. 이런 짓궂은 장난 노래가 없었더라면, 어떻게 민속이 전해지고 해석될 수가 있었으랴. 아무리 시시한 것도 소중하지 않은 것이 없다. 사람도 마찬가지가 아닐까?

# 워어메,
## 날래 세배 댕겨와뿌렀어잉

홍동백서紅東白西하고
두동미서頭東尾西하며
어동육서魚東肉西하고
좌포우혜左脯右醯하니
조율이시棗栗梨枾니라.


금년의 음력 설날은 양력 2월이었다. 태음력과 태양력의 달력이 약
간의 차이가 있어 이중과세를 하는 혼란을 겪다가, 이제 양력 1월 1일은
설날 아닌 신년 첫날로서의 의미를 부여받았다. 그리고 구정舊正이라고 불
리던 음력 설날이 민속의 날이라는 이름에서 설날로 제 이름을 되찾았다.

음력 설날에는 어지간한 집안에서는 차롓상을 차려 조상님들께 제사를 올린다. 본래 지손<sup>支孫</sup>들은 설과 추석에 차례를 지내지 않았는데, 서구화의 물결로 된통(심한, 혹독한) 홍역 아닌 홍역을 치르고는 가계<sup>家系</sup>를 제대로 헤아리지 못해선지, 집집마다 차롓상을 차려서 차례를 지내느라 제물을 파는 상인들만 수가 나게 되었다.

따라서 한두 세대가 전통문화를 올바로 전수받지 못한 탓으로 차롓상이나 제삿상 차리는 법이 엉망이 되기도 했다. 서너 명밖에 살아남지 못한 북미의 어느 인디언 부족의 언어와 각종 생활문화, 심지어는 액세서리까지도 인류학과 민속학의 조사연구 대상이 되고 있는 동안, 5000년이 된다는 우리 민족의 문화사는 깡그리(싹쓸이, 마카, 죄다, 모두, 몽조리, 전부, 전다지, 있는 대로, 거의 다) 잊혀지고 사라지고 말았다. 그나마 다행스럽게도 연로하신 노인 세대의 어슴푸레한(아리까리, 희미한, 아슴푸레한, 아물아물, 가물가물한) 기억을 더듬어 발굴되고 되살려지고는 있어도, 기억의 한계 탓으로 완벽하고 완전하게 재생되지 못하는 안타까움은 어쩔 도리가 없다. 위의 차롓상 또는 제삿상 차리는 노래도 마찬가지이다.

이 노래의 본래 의도는 어린아이들에게 제삿상 차리는 법을 가르치되, 노래로 가르치면 좀체로(어지간해서, 여간해서, 쉽사리) 잊지 않는다는 것을 이용한 것이다. 어른들이 제삿상 차리는 일을 아이들이 시중 들면서 어른들이 부르는 노래대로 제물그릇을 놓는 순서를 암기하게 되어, 자라면 제대로 제삿상을 차릴 수 있게 되었다는 것이다.

　이런 음식 또한 우리 민속 문화가 상징하는 바를 잘 나타내고 있다. 우리 민속 문화에서는 음양적 세계관에 기초하여 세상의 모든 것이 음양의 조화를 이루어서 존재하므로, 이 조화와 균형이 일그러지면 불화와 불편이 생기면서 인간을 비롯한 모든 생명체가 위협을 받는다고 믿었다. 이런 균형과 조화 및 불균형과 부조화의 과정이 너무 장기간이기도 하여, 인간이 경험하게 되는 불균형과 부조화의 구체적인 위험과 가시적인 피해를 직접적으로 제시하고 증명하거나 증거하기는 어렵다고 한다. 그래서 영원한 가설<sup>假說</sup>로 보기도 하지만, 이런 음양적 세계관은 우리 문화의 근간<sup>根幹</sup> 중에서도 가장 기초적인 것이었다.

　앞의 노래에서 '홍동백서'는 붉은색 제물은 동쪽에, 흰색 제물은 서편에 놓으라는 의미이다. 우리 민속에서 동쪽은 양<sup>陽</sup>, 즉 남성인 태양이 떠오르는 방위이고 서편은 태양이 지는 음<sup>陰</sup>, 즉 여성의 방위이다. 그러므로 붉은색 제사 음식은 남성 방위에 놓고, 흰색이라는 여성 상징의 색은 음의 방위인 서쪽에 놓는다고 한다. 붉은색은 남성 상징이고 흰색은 여성 상징이며, 동쪽은 남성 상징이고 서쪽은 여성 상징이므로 차롓상을 그렇게 차린 것이다.

　'두동미서' 역시 머리는 남성 상징이므로 남성 방위인 동편에, 꼬리는 여성 상징이므로 여성 상징인 서편에 놓는다는 것이다. '어동육서'도

어물은 동편에 육류는 서편에 놓아서 음양의 상징체계를 따랐다. '좌포우혜' 역시 마찬가지이다. 말린 생선인 포류는 왼쪽이라는 남성 방위에, 물기 있는 음식인 식혜는 물이 여성 상징이므로 여성 방위인 오른쪽에 놓았다. 좌청룡左靑龍 우백호右白虎를 연상하면 쉽게 이해가 될 것이다.

'조율이시' 란 대추, 밤, 배, 감의 과일로서, 대추와 밤은 남성 상징의 실과이므로 앞자리에 놓고, 배와 감은 여성 상징의 실과이므로 다음 자리에 놓았다. 우리 전통 가옥에서, 대추나무는 사랑마당에 심었고 감나무와 배나무 등 큰 과일이 열리는 나무는 안마당이나 뒷마당에 많이 심은 것을 떠올리면 남존여비의 발상이었던 것으로 알 수 있다.


"워어메~ 요로꼬름 잘 차렸시야아!"
"엄청 차렸구마이, 겁나게 애써뿌렀구마이라우, 지(제)수씨요이."
이 정도의 찬사로서 집안의 형제들은 가즈런한 집안의 질서를 확인하고, 조상님들이 전수해 주신 생활범백을 재현하고 실천하면서 자녀들을 가르쳐 가내와 문중의 질서를 잡았다. 비록 가난하고 춥고 헐벗기를 '부자밥먹듯 하며' 살았던 시대였으나, 인간냄새가 자욱하게 진동하던 시대였지 않을까. 지금의 '두부 집안 처럼' '아래위도 없고', '니 한 주먹 내 한 주먹' 인, '니나도리 집안' 이나 '콩가루 집안' 등의 무질서에 견준다면?

차렛상을 물리면서, 죽은 영감님을 추억하는 할머님들은 으레 치마 꼬리를 집어들고 훌쩍 코를 풀면서 혼잣말처럼 밑도 끝도 없는 푸념에 한 시름을 마디마디 풀어 내곤 한다.

"차말로 징헌 냥반이었어라아!"

"사나흘도 곱따시 못진디고잉, 겁나게 쏴질러 댕기뿌럿찌잉, 그러다 워데서 워칙히 죽었는지도 모르이이…… 불썽코 가엾은 니 할아배지러이…… 지지리도 복도 없고…… 자게만 복이 없제 왜 내카저 복없으라꼬오…… 아이고 내팔짜야아…….."

왜정시대에는 독립운동이란 분명한 명분을 내걸고 집 나가서 행불[*]된 이들은 극히 드물다. 대다수의 남정네들은 이참 저참(이런 저런 까닭으로)해서 말없이 집을 나가서 행불이 되었고, 생사 여부가 알려지지 않아서, 생일날이나 집 나간 날을 제삿날로 잡아 제를 지내기도 한다. 말이 부부고 내외간이지 고개 들고 얼굴 한 번 마주 익힌 적이 드물어서, 남편이라도 얼굴조차 아슴아슴할 뿐인데도, 그런 영감을 그리며 평생 수절하다 늙어 버린 할멈들은 그래도 명절이나 젯날에는 그렇게 덤덤한 사이의 영감을 제일 그리워하곤 했다.

"이눔아, 니는 손자라꼬 할배를 고대로 빼닮았데이. 헤이고 영감아, 요로꼬롬 잘난 손자놈도 몬 보고 뭣이 그리 바빴능고오……, 왠쑤야아…… 종문소식아, 뭣에 쓰것다꼬오 고로꼬롬…….." 할매는 가랑잎 손바닥으로 어린 손자를 쓰다듬으면서 영감의 허상을 짚으려 한다. 그런 수절과 정절로 생과부 일생을 살고서도 억울하지도 않았던 모양이다.

> 납향날(臘日) 창에 묻어 잡은 꿩 몇 마린고
> 아이들 그물 쳐서 참새도 지져먹고
> 깨강정 콩강정에 곶감 대추 생율(밤)이라
> 새 등잔 새발 심지 장등長燈하야 새울 적에
> 뒷방 봉당 부엌까지 곳곳이 명랑하다
> 초롱불 오락가락 묵은 세배 하는구나

모든 노래가 이처럼 제대로 발굴되지 못하여서, 미완성으로 끝이 난다. 미완성인 이유는 노래가사가 제대로 발굴되지 못한 탓도 있으나, 아무나 덧붙여서 노랫말을 이어갈 수 있게 했던 우리 속요의 특징이기도 했다. 그러므로 모든 이가 노래의 작사자가 될 수 있었으니, 이런 핏줄 탓으로 지금 우리 나라에 시인들이 그리도 많게 된 것이 아닐까?

묵은 세배라는 것이 있었다. 문중에 상노인上老人이 계시면, 그야말로 밤사이 안녕安寧이 문제될 수가 있었다. 그래서 섣달 그믐날이나 그 전에, 즉 납일臘日 같은 날에도 묵은 세배라 하여, 건시 즉 곶감 몇 개나 석류 등의 가벼운 과일이나 약주 반병 등을 가지고 문안드리러 다녔는데, 그것이 곧 묵은 세배였다.

　　정월正月이라 십오야에 망월望月하난 소년들아
　　망월도 하려니와 부모봉양 늦어간다
　　신체발부 사대절을 부모님께 타고나서
　　호천 망극 중한 은혜 어이하여 다 갚을까

　　이월二月이라 한식절에 천주절이 적막하니
　　개자추의 넋이로다
　　원산遠山에 봄이 드니 불탄 풀이 돋아난다

　　첫달인 일월을 왜 정월正月이라고 했을까? 일년을 바르게 반듯하게 살려면 첫걸음 첫다리 첫디딤돌…… 등을 제대로 해야 한다는 의미에서 일월이라 아니하고 정월이라고 했다 한다. 이처럼 사소한 호칭 하나에도 교육적이고 자기성찰적이 되도록 했던 우리 문화이니 얼마나 대단한가 말이다. 정월이라 달이 가장 밝은 대보름날에 달 구경하는 소년들에게도 부모 은공을 일깨워 주고 있다. 신체발부身體髮膚 즉 몸과 뼈와 피부와 터럭까지도 부모의 것을 타고났으니, 그 기막히게 무거운 은혜는 호천呼天 즉 하늘까지 닿을 은혜가 아닌가.
　　이월에는 한식寒食날이 있어, 겨울 삼동을 나는 동안 땅이 얼고 녹으

면서 조상 산소의 봉분이 헤질러지지나 않았는지를 확인하고, 보수를 해야 했다. 그래서 맏아들이 교육적 효과를 노려서, 반드시 동생이나 어린 아들을 데리고 한식날 전후로 하루쯤 날을 잡는다. 그리고는 빈손으로 조상 묘소를 찾아뵐 순 없으니 약주 한 병이나 가벼운 안주 정도나 준비하여, 삽이나 괭이 같은 도구를 메고(머슴에게 들리기도 하여) 산소를 살피러 갔다. 산소위치를 아들 손자에게 확인시켜 줌은 물론, 가져온 술을 올리고 절을 한 다음에 얼어서 녹느라고 헤진 곳이 있으면 보수를 했다.

유학숭상이 유별난 안동 지방에서도 한식날 제사 음식은 준비하지 않았다. 중화ᄒᆞ華, 모화慕華의 길을 걸어야 했던 조선시대에는 중국의 개자추가 불타 죽은 전설을 기념하여 차가운 음식을 먹었다. 마치 유대인들이 유월절을 애굽에서 나온 절기로 기념하기 위하여 누룩을 넣지 않은 맛없는 빵과 쓴 나물을 먹는 풍속과도 비슷하다고나 할까? 그래서 생긴 것이 한식寒食날이었으니, 요즘처럼 와자지껄한 행사의 한식날 성묘는 전통적인 풍속이 아니었다.


만약에 인절미가 시집을 간다며는
콩고물에 팥고물에 분단장을 하고 하고
새하얀 쟁반 위에 올라 올라 앉아서
시집을 간다네 목구녕으로

노래 먹고 살아온 우리  181

꿀깍하고 넘어서 시집을 간다네

만약에 시루떡이……


패앵 패앵 돌아라 자꾸자꾸 돌아라

넘어지면 안 된다 정신없이 돌아라

어질머리 병나면 고쳐주마 돌아라

패앵 패앵 돌아라

내 팽이는 도올고 니 팽이는 자빠져라

밥 줄 테니 돌아라 국 줄 테니 돌아라

죽 줄 테니 돌아라 떡 해주마 돌아라……

뭐니뭐니 해도 명절날 제일 신나는 아이들은 평소에는 못 먹던 별식인 떡을 먹을 수 있었다. 그래선지 유독 귀한 찹쌀로 만든 인절미에 대한 노래가 전해진다. 이런 떡 노래는 떡의 종류대로 많았을 텐데, 노래가 전해지지 못하여 아쉽다.

평소에는 구경하기도 힘든 여러 가지 별식을 마음껏 먹고 난 아이들은 마당이나 얼어붙은 냇가나 못으로 나가서 팽이를 쳤다. 요즘처럼 모든 것을 가게에서 살 수 있던 시대가 아니어서, 아이들은 평소에 팽이나 윷이나 마때, 자치기 자 등을 만들기에 적당한 나무토막을 보면, 손수 다듬어서 놀잇감을 만들어 사용했다. 따라서 재질과 크기, 질감에 따른 아이들의 감각이 자랄 수가 있었고, 태극문양이나 선호하는 글자나 색상 등을 새기고 칠하여 만들었기 때문에 창의력과 손재주가 발달할 수 있었다. 또한 큰 애들 시중 들면서 배우고 더 어린아이들에게 가르쳤기 때문에 사회성 발달에도 도움이 커서, 운 좋은 성장기를 보냈다고 할 수 있다.

내가 자료를 수집하러 갔을 때 강원도의 어느 초등학교 교장은 우리의 팽이를 서양의 아이스하키의 원조라고도 했다. 맛있는 음식을 배불리 먹고 얼음 위에서 팽이치며 노래할 수 있었던 아이들은 이것 저것 과외지도를 받으러 정신없이 다녀야 하는 요즘 아이들보다 얼마나 행복하게 자랐을까.

# 원칸 **머석**해서
# **거석**할 수가 있어야제

어느 시절 동창인지는 모르나 동기 동창생 두 분이 있었단다. 한 분은 어느 소도시의 여학교 선생이고 다른 분은 시골에서 농사를 짓는다고 들었다. 농사 짓는 분이 몇 해 거듭 풍년이 들자, 딸아이라도 도회지에서 공부시키고 싶었던지, 선생인 동창을 찾아가서 부탁을 했겠다. 선생은 최선의 방법인 편입시험을 추천했고, 농사 짓는 동창은 여학교 선생인 동창에게 걸판지게 저녁을 대접했다. 그리고는 하는 말이,

"촌학교에서 배운 아이라, 심(힘)들겠제마는 머석하드라도 거석 좀 해 주게" 라고 부탁했다. 즉 딸애의 편입 성적이 시원찮아도 좀 힘써 달라는 뜻이렸다. 얻어먹은 저녁이 켕긴 친구는,

"언칸만 거석하면(어지간하면) 머석해 보겠네" 라고 했다. 그러나

편입학시험 결과를 보니, 성적이 너무 형편없어서 자기 힘으로는 어떻게 할 수가 없었다. 고민 끝에 농사 짓는 동창에게 여학교 선생 친구가 걸판진 저녁을 대접했다. 그리고는 뜸을 들일 만큼 들였다가, 헤어지면서 하는 말이,

"언칸만 머석하면 거석해 볼라꼬 했는데, 원칸(워낙) 머석해서 거석할 수가 있어야제" 라고 했단다.

당신의 친구분들이라시면서, 시인 박재삼 선생님이 몇 번 하시던 말씀이다. 박선생님의 말씀인즉, 우리말의 절묘함이 바로 머석과 거석이라셨다. 솔직하게 곧이곧대로 '자네 딸애의 편입학 성적이 너무나 형편이 없어서 도저히 내 힘으로는 어떻게 할 수가 없었네' 라고 하면, 딸애 아비인 동창의 체면이 뭐가 되겠는가. 또 동창의 딸을 두고 어떻게 그렇게 가혹하게 바른대로 표현할 수가 있겠는가 말이다. 바로 이런 때 이런 경우에 원칸 머석해서 거석할 수가 있어야지러! 라고 얼버무리는 두루뭉수리 표현의 절묘함이 필요하다는 말씀이셨다. 정확한 표현이 모든 상황에서 좋은 건 아니라는 것이다. 머석과 거석으로 상대방의 약점을 대강 뭉쳐서 덩어리째로 표현할 수 있는 여유가 바로 우리말의 장점이자 단점이기도 하리라. 좀 작아도 커도 입을 수 있는 한복처럼, 좀 크거나 작아도 쌀 수 있는 보자기처럼 말이다.

요즘은 시골노인들도 이런 말은 잘 안 쓰지만,

"야이야! 저저저 거시기 가 오니라(가져오너라). 날래(싸게, 퍼뜩, 후다닥, 얼른, 빨리) 가아 오라 안카나?! 어이? 뭐하고 있노 말따" 처럼, 거시기 머시키라는 말이 좀 난처하거나 대상의 이름이 얼른 생각나지 않는 실어증의 노인들 사이에 애용되어 온 시대가 있다.

"할배요. 머시키가 뭔지 알아야제요?" 손자는 이렇게 말대답을 한다. 그러면 노발대발 어르신께옵선, 담뱃대를 업쥐고 주먹을 휘두르시면서,

"저눔 보래이! 저눔이 할애비한테 꼬박 꼬박 댓꾸(대구<sup>對句</sup>는 본래 한 분이 시 한 수를 읊으면 그에 대한 답으로 읊는 시구를 의미했으나, 말대답으로 상용화됨) 하다이? 저눔이 대처<sup>大處</sup>(큰 곳 즉, 도시) 가서 신식공부한 눔일따! 어허, 세상 망조<sup>亡兆</sup>가 안 들었나. 논밭전지 팔아서 공부시케노으이 저래 할애비를 홀대하다이 어허 망헐눔의 세상이로고!" 라고 홰(화)를 내시는 장면이 심심찮게 구경스럽기도 했던 시대가 불과 3~40여 년 전이었으리. 그때는 아래와 같은 전래동요를 부르며 들판과 마을 골목길을 깨금 뛰어다니며, 시인이 될 창작력을 키웠으리.

해야 해야 나오너라/김치국에 밥말아먹고/장구치며 나오너라
북을 치며 나오너라/제금을 치며 나오너라.

달아 달아 밝은 달아/이태백이 놀던 달아/저기 저 달속에/계수나무 박혔
으니/옥도끼로 찍어내어/금도끼로 다듬어서/초가 삼간 집을 짓고/양친부

모 뫼셔다가/천년만년 살고지고/천년만년 살고지고.

바람아 바람아 불어라/대추야 대추야 떨어져라/아이야 아이야 주어라/어른아 어른아 말려라.

비야 비야 오지마라/우리 누나 시집갈 때/가마꼭지 다 젖는다/다홍치마 얼룩진다/초록저고리 다 젖는다/얼른 얼른 그치거라/우리누나 시집가면/어느 때나 다시 만나/누나 누나 불러볼까/업어달라 떼를 쓸까/비야 비야 오너라/주룩주룩 쏟아져라/우리누나 시집가는 날/못가만치 쏟아지그라/시집을랑 가지마오/시집살이 좋다해도/우리집만 하오리까/고초당초 맵

다해도/시집살이 더 맵다더라/일이 모두 그러하니/시집을랑 가지마오/비야 비야 쏟아져라/우리 누나 시집갈 때/물이 막혀 못가그러……

눈이 온다 펄펄/함박눈이 함빡/싸락눈이 싸록싸록/진눈깨비 질척질척/떡쌀가루 쏟아진다/떡해먹자 백설기떡/흰떡 가래떡/시루떡 인절미/막떡 버무리떡/한마당 두마당에 자꾸자꾸 쌓이거라/눈사람도 떡으로 짓고/집도 절도 떡으로 지어/너도 먹고 나도 먹고/돌려먹고 나눠먹고/두고 먹고 구워먹고/혼자 먹고 같이 먹고/앉아서 먹고/서서 먹고/누워서 먹고/자면서 먹고/깨어서 먹고/높은 산과 낮은 산이/흰 모자를 쓰고 있다/떡가루를 둘러썼다/나무도 풀도/니도 나도/배터져서 죽겠구나/배터져도 좋으니라/떡 먹는 거 좋으니라.

나무 나무 무슨 나무/십리절반 오리나무/가다보니 가닥나무/오다보니 오동나무/가자가자 감나무/오자오자 옻나무/벌건대낮 밤나무/등밝혀라 등나무/시퍼래도 단풍나무/죽어서도 살구나무/따끔따끔 가시나무/칼에찔려 피나무/갓난아기 자작나무/앵돌아져 앵도나무/벌벌떠는 사시나무/바람솔솔 소나무/거짓없는 참나무/입맞췄다 쪽나무/낮에봐도 밤나무/양반동네 상나무/방귀뽕뽕 뽕나무/댓기이눔 대나무/참거라 참나무……

신랑님이 오신다/각시(색시)님이 오신다/신랑방에 불을 혀(켜)고/각시방에 불을 혀(켜)라.

따금이 속에 빤빤이/빤빤이 속에 털털이/털털이 속에 고솜이/고시고시 알밤을/니캉내캉 둘만 먹자.

지붕 위에 주렁박/우물가에 두레박/기둥 위에 뒤웅박/방구석에 조롱박/물 떠먹는 표주박/싸전가게 쌀됫박.

떡해 먹자 부우헝/양식 없다 부우헝/걱정 말게 부우헝/뀌다먹자 부우헝/언제 갚게 부우헝/갈(가을)에 갚지 부우헝.

까챠 까챠/내 헌니 가저가고/니 새이 날 다고/까작 까작 까까작/반가운 손이 오실라나/그리운 부모님 오실라나/그리운 동기(형제) 오실라나/까짝 까짝 까까작/정든 신랑 오실라나/고운 내딸 올랑갑따/친정 근친 올랑갑따/보고저워 올랑갑따/어메 아베 보고저워/형아 동생 보고저워/까짝까짝 올랑갑따.

나비 나비 범나비/배추밭에 흰나비/장다리밭에 노랑나비/팔랑팔랑 잘도 난다/팔랑팔랑 잘도 난다.

민나리는 사철이요/장다리는 한철이라/장희빈아 꼬데기지 마라/민나리님(인현왕후) 돌아오신다.

가벼우냐 매앵꽁/무거웁다 매앵꽁/무거우냐 매앵꽁/가벼웁다 매앵꽁.

밥 하그라/죽 쑤거라/밥하그라 죽쑤거라/부글부글 게거품이/죽쑨게냐 밥
한게냐/네미 내비 잡혀간뒤에/원미 죽쒀 가것다노.

둥게 둥게 두둥게야/먹으나 굶으나 두둥게야/입으나 벗으나 둥둥게애/둥게
둥게 두둥게야/얼씨구나 두둥게야/이내 새끼 두둥게야/정내 딸아 두둥게.

우물가에 나무 형제/하늘에는 별이 형제/우리집엔 나와 언니/나무 형제
별 형제/빛을 내니 우리 형제/두분 부모 뫼시고서/잘도잘도나 살아보세.

누님 온다 누님 온다/온달 같은 누님 온다/내가 무슨 온달이냐/보름달이
온달이지/누야 누야 누부야/온달 같은 우리 누부/어데갔다 인제오노/시
집살이 그리좋타/우리집이 더 좋지러/가지마라 가지마라/온달같이 곱던
누부/부엌강아지 다되었네.

# 하늘을 봐야
## 별을 따지러

나무나무 무신나무/열의 곱절 스무나무/오자마자 가래나무/그렇다고 치자 치자나무/헤픈 웃음 물푸레나무/다듬이 방맹이 물박달나무/잘못했다 사과나무/오자마자 가래나무/한 철에도 사철나무/찔찔 울어 찔레나무/오매불망 오미자나무/갯가에는 갯버드나무/이산저산 산수유나무/미운데도 가죽나무/오릿길에 시무나무/절반에도 배나무/너랑 나랑 느릅나무/무서워라 엄나무……

여아적에는 이렇게 무수히 다양한 나무노래를 지어 부르다가도, 시집을 가면 인생을 아는 아낙네가 되어서, 아낙으로서 뼛골 쑤시는 모진 인생을 노래하며 살아야 했다. 때로는 천박하게, 때로는 그럴듯하게.

임진왜란에서 정유재란까지 긴긴 왜란을 치르고 나서, 3장 6구의 우리 정형시 시조에는 사설시조辭說時調라는 변형이 생겨났다. 정형시의 틀을 과히 거스르지 않으면서 45자 내외보다 좀더 여유로워서 자수율字數律을 조금 일탈하는 노래였다고 본다.

그런 사설시조 중에 산山잽이 수*잽이 또는 산진이 수진이라는 어휘로, 산을 잘 타는 전문가, 헤엄 잘치는 전문가를 지칭한 내용이 있었다. 조총이라는 왜군의 무기에서 총잽이라는 어휘로 총전문가를, 칼잽이라는 말로 칼질 잘 하는 전문가를 지칭하기도 했다. 이런 전문가를 지칭하는 우리말은, 후에 개화경開化鏡이라는 안경을 쓴 사람을 안경잽이라고도 부르기에 이른다.

산잽이(산진이)는 산을 타고
수잽이(수진이)는 물을 타고
총잽이(포수)는 범을 잡고
칼잽이는 배를 따는데
우리집 서방님 안경잽이는
제 지집(아내)도 몰라본다네……

70년대 중반까지도 시골 안노인들이 새댁 적에 불렀다면서, 무시로 흥얼거리던 노래였다. 개화경開化鏡을 쓰고 댕기는 안경잽이 신식 서방님이라고 시집을 와서 보니, 여엉 맹탕으로 두 눈보다 갑절이나 많은 네 눈을 가지고도(안경을 썼으므로) 제 아내도 못 알아본다는 탄식이었으리.

제주도에서는 바다에 생계를 의지하는 생활 탓에, 시댁 가족들조차도 해산물에 비유하여 부르던 며느리의 노래가 아래와 같이 전해졌다.

씨아방(시아버지)은 꾸쟁이 넋이
나를 보면 새들쩍하고
씨어망(시어머니)은 점복이 넋이
나를 보면 오지작하고(샐쭉거리는 표정)
씨누이는 코쟁이(꼬맹이) 넋이
나를 보면 호도록(경솔하고 촐랑대는 행동)하고
서방님은 뭉개(문어) 넋이
나만 보면 어구정(끈적대는 행동)한다네

내 메느리(며느리) 얼라(아기) 낳느니
오두백烏頭白하고 마생각馬生角할 일이제……
(가마귀 머리가 희어질 것이고
말 대가리에 뿔이 돋을 일이니,
며느리 아기 낳기는 틀렸다는 뜻)

손자를 기다리는 시어머니의 이 노래를 받아치는 며느리는 다음과 같은 신세 타령을 정지(부엌) 아궁이 앞에서나 물 길러 간 우물가에서 홀쩍거리면서 불렀단다.

> 고추가 붉어야 노랑씨를 받고
> 하늘을 봐야 별을 따지러
> 군서방질로 씨도둑질 하라시나
> 당신네들은 그리했나
> 정 그렇게 바랜다 카면
> 낸들 왜 씨도둑질 못 할거나
> 거풍고개擧風峴로 거풍질 간다꼬
> 안 여문(아니 익어 영글지 않은) 풋고추가 붉어질라나
> 이내 청춘 요리 허송코 시앗 두기 딱 좋쿠나
> 오호라 이내 신세 어느 하늘에서 별 따라는고

혼인하자마자 태기胎氣가 없다고 한탄하는 시어머니는, 며느리가 얼라(아기)를 낳기보다는 가마귀 대가리가 희어지고 말 대가리에 뿔이 돋기를 기다리는 게 차라리 났다는 내용의 노래를 불렀고, 이를 들은 며느리는 어린 신랑이 남자 구실을 못 하는 줄도 모르는 시어머니가 야속하여 아궁이 앞에서 불구덩을 부지깽이로 쑤셔대면서, 씨도둑질이라도 해다가 손자를 낳아도 좋으냐는 내용의 협박노래를 혼자서 불렀다는 것이다.

더구나 기가 찰 노릇은 꼬맹이 신랑이 시아버지와 같이 거풍고개로 거풍질을 간다는 말을 듣고, 고추가 여물어(익어 영글어) 붉어야 고추씨가 노랗게 영그는 줄도 모르느냐고 비꼬았다. 거풍질이란 조선조 남성들이 태양의 양기陽氣를 받아 자신의 양기를 강화하기 위해서 볕이 좋은 봄철 사오월에 볕이 잘 쪼이는 고갯마루의 널찍한 거풍암, 즉 바위 위에서 고의를 벗고 알몸의 아랫도리에다 햇볕을 쪼이는, 이른바 남성용 햇볕정책이었다. 이런 풍속은 곧 거풍재, 거풍고개, 거풍암, 거풍질이라는 지명과 고

유명사로 아직도 여러 곳에 남아 있다.

　나이 먹고 남자다워져야지, 어린 아이인 신랑이 아비 따라 거풍질만 가면 무신 소용이 있느냐는 말이다. 신부가 신랑보다 나이가 많다 보니, 자신의 한창 청춘에는 신랑 구실도 못하다가, 자신이 늙고 나면 젊은 첩실 시앗을 둘 게 아니냐는 탄식이었다. 이런 불평 불만을 노래로서 간추려 불렀으니, 어찌 아리랑만 아리랑이었으랴. 우리 여조女組들이 불렀던 모든 노래가 한恨도 깊은 아리랑이 아니었다고 누가 감히 반박하랴.


　저 아랫녘(남도 지방) 사람들은 서울 사람에 대한 선망과 시기, 질투를 함께 가진다. 그래서 경사京辭라는 서울말, 즉 웃녘 사투리를 하는 아이가 전학이라도 오면, 다음과 같은 노래로 한동안 텃세를 부렸다.


　　서울네기는 다마네기요
　　맛 좋은 건 고래괴기(고기)지.

　누가 지어냈는지 모르지만 모든 아랫녘 아이들의 시골떼기 촌티 콤플렉스의 표현이 아니었으랴. 그렇게 한동안 텃세 부리는 아이들의 질시를 견디며, 왕따를 당하는 신참의 설움을 겪은 후에야 비로소 동무가 될 수 있었다.

신참의 곤욕은 감방에서만 치르는 게 아니었다. 크고 작은 모든 사회, 자연의 사회에서 다 그러한 상호 적응 과정을 거친다. 동식물도 사람도 마찬가지일 게다. 고부姑婦(시어머니와 며느리 간의) 갈등, 구부舅婦(시아버지와 며느리 간의) 갈등, 시누이와 올케 간의 갈등도 바로 이런 텃세와 신참의 갈등 과정이라고 봐야 할 것이다.

　삐아제 같은 인지발달認知發達 심리학자는 이런 과정을 동화同化와 조절調節이라고 했다. 동화는 기존의 지식체계로 새것을 수용하는 것이고, 조절이란 기존의 지식체계로써 새것을 수용하지 못할 경우 자신의 지식체계를 바꿔서 자기 것으로 수용하는 것을 의미한다. 새끼 낳는 동물은 모두 젖먹이 동물이라고 알던 사람이 고래가 새끼 낳는 물고기라고 배우면 얼른 고래는 젖먹이 동물이라고 분류하는 것이 동화이다. 그러나 마른 오징어를 먹을 때 물렁한 과자처럼 못 먹는다는 것을 알고는 입속에서 침으로 불려서 씹어먹는 것은 조절이라고 한다. 밥을 숟가락에 조금 뜨면 입을 적게 벌리고서도 먹을 수 있지만, 쌈을 싸서 먹을 때는 입을 한껏 벌려야 먹을 수 있다. 이런 때는 조절이라고 한다. 그러나 입술이 부르트면 밥을 평소보다 숟가락에 적게 담아서 먹는데, 이는 동화이지 조절은 아니다. 모든 새것은 이런 동화와 조절의 과정을 거치면서 자기 것으로 내면화된다. 귤나무를 중국의 회수淮水 남쪽에 심으면 귤이 열리지만, 회수 북쪽에 심으면 귤이 안 열리고 탱자가 열린다고 한다. 이도 삐아제 이론으로 볼

때는 조절이라 할 수 있으리. 모든 생명체의 인지認知는 이런 갈등 과정을 거치면서 이루어진다니 사람끼리라고 뭐가 다르랴. 오히려 영악스럽기 때문에 더하면 더하겠지.

누이와 여아들아 내 말삼 듯거서라
사람의 백 행실에 효도가 으뜸이라
효도라 하난(는) 것은 부모님뿐 아니로다
제 몸의 조부모난(는) 부모님의 부뫼시오
제 몸의 증조부난 조부님의 부뫼시오
이대로 미루우면 천백 대가 부뫼로다

양반 중의 알양반인 진성이씨, 즉 이부자李夫子이신 퇴계 선생의 가문에서 지어 후대 자손의 교육용으로 사용한 진성이씨 세덕가世德歌 중의 한 구절이다.

천지지간 만물지 중에 신령한 인류로서
사단 칠정 성품 타고 삼강오륜 법을 삼아
반만년 역사 잇난(잇는) 우리 동국 문명으로
하물며 안동 예안 추로 지향 유명하네
명현 달사 배출이요 문장도학 입립이라
우리 유씨 일방차지 하동 고족河東 高族이 아닌가

안동의 전주유씨 세덕가의 한 구절이다. 만약 이런 훈화적인 내용이 노래 아닌 것이라면, 즐겨 읽히고 암기·암송되기 쉬웠을까? 어찌 우리 민족은 밥으로 살아 오지 않고, 어떤 국난에도 이다지도 노래를 먹고 살아 왔단 말인가. 그래설까? 통계에 의하면 국치를 당하여, 조선 전역에서 자진自盡한 사람의 숫자를 다 합해도 안동 지방에서 자진한 이들의 숫자보다 적다고 한다. 이 지역에서는 칼이나 약이나 기타 자살 기구를 사용하여 자진하지 않고, 효경孝經의 첫 구절인, '신체발부身體髮膚는 수지부모受之父母이니 불감훼상不敢毀傷이 효지시야孝之始也 (몸과 머리터럭 손톱 발톱은 부모로부터 물려받았으니, 감히 훼상시키지 않는 것이 효도의 시작)' 라는 구절대로 자진했다. 즉 굶어서 죽는 방식을 택하였지, 칼이나 흉기 등으로 자진하여 나라 잃은 수모에 항거한 것이 아니었다. 그래서 그 시신이 온전히 보존되는 방법을 택한 것이 '선비식' 자진이었다고 한다. 이 지역에서 이토록 다수의 애국 충절이 태어난 이유가 바로 세덕가의 출현과 상통하는 것이 아닌가.

노래는 이렇게 가장 상스러운 안방과 우물길 거풍고개 길에서부터, 가장 웅대하고 거룩한 국가적 역사의식의 교육과 고양에 이르기까지 애용되는 방법이었으니, 우리는 온 민족이 다 소리꾼이요, 노래를 먹고 노래를 낳으며 살았다 해야 옳지 않으랴.

오늘 우리 시단에 시인 인구詩人人口가 수천에 이른다고 듣는 이유도 바로 이런 역사적·문화적·민속적 배경에서가 아니랴. 물론 조정에서 관리를 뽑을 때도 시를 얼마나 잘 짓는지 시험쳐서 선발하는 과거제도를 통했으니, 고급 노래쟁이인 시인에 대한 우리의 인식이 그만큼 존경과 흠모로 가득찬 것도 있었으리마는.

# 참고문헌 --------------------------------------------------------------

유안진, 《한국전통사회의 유아교육》, 정민사, 1980.

유안진, 《한국 전통아동놀이》, 정민사, 1980.

유안진, 《선조들은 우리를 이렇게 키웠다》, 1979, 조선일보 연재.

유안진, 《도리도리 짝짜꿍》, 문학세계사, 1981.

유안진, 《월령가 쑥대머리》, 문학사상사, 1984.

유안진, 《한국전통아동심리요법》, 일지사, 1984.

유안진, 《한국전통사회의 육아방식》, 서울대 출판부, 1986.

유안진, 《한국여성, 우리는 누구인가》상.하, 자유문학사, 1988.

유안진, 《땡삐》1.2., 3.4., 자유문학사, 1984.

유안진, 《한국전통사회의 유아교육》(수정 증보판), 서울대 출판부, 1991.

아침이슬 산문선 1

유안진 에세이
**옛날 옛날에 오늘 오늘에**

초판 1쇄 · 2002년 11월 7일
초판 3쇄 · 2002년 12월 23일

지은이 · 유안진
펴낸이 · 김종석

펴낸곳 · 도서출판 아침이슬
등록 · 1999년 1월 9일(제10-1699호)
주소 · 서울시 마포구 연남동 509-13, 3층(121-240)
전화 · 02-332-6106 / 팩스 · 02-332-6109
인터넷 홈페이지 · www.21cmorning.co.kr
E-mail · webmaster@21cmorning.co.kr

값 8,500원
ISBN 89-88996-30-5  03810

＊잘못 만들어진 책은 바꾸어 드립니다.